AF093957

www.ingramcontent.com/pod-product-compliance
Lightning Source LLC
LaVergne TN
LVHW010606070526
838199LV00063BA/5097
9789358722826

بچوں کی ایڈونچر کہانیاں

(بچوں کی کہانیاں)

مرتب:

راجہ صاحب

© Taemeer Publications LLC

BachchoN ki Adventure KahaniyaaN (Kids Stories)
Edited By: Raja Sahib
Edition: December '2023
Publisher :
Taemeer Publications LLC (Michigan, USA / Hyderabad, India)

ISBN 978-93-5872-282-6

مصنف یا ناشر کی پیشگی اجازت کے بغیر اس کتاب کا کوئی بھی حصہ کسی بھی شکل میں بشمول ویب سائٹ پر
اَپ لوڈنگ کے لیے استعمال نہ کیا جائے۔ نیز اس کتاب پر کسی بھی قسم کے تنازع کو نمٹانے کا اختیار
صرف حیدرآباد (تلنگانہ) کی عدلیہ کو ہو گا۔

© تعمیر پبلی کیشنز

کتاب	:	**بچوں کی ایڈونچر کہانیاں** (بچوں کی کہانیاں)
مرتبہ	:	**راجہ صاحب**
پروف ریڈنگ / تدوین	:	اعجاز عبید
صنف	:	ادب اطفال
ناشر	:	تعمیر پبلی کیشنز (حیدرآباد، انڈیا)
سالِ اشاعت	:	۲۰۲۳ء
صفحات	:	٧٦
سرورق ڈیزائن	:	تعمیر ویب ڈیزائن

فہرست

(۱)	آخری گولی	حامد مشہود	6
(۲)	آخری چوری	نعیم احمد بلوچ	12
(۳)	اصلی ہیرو	علی اکمل تصور	22
(۴)	پیچا، تیجا اور فون کال	مقصود عنید	32
(۵)	تیسر اوار	اشتیاق احمد	39
(۶)	چور کون؟	شاہد اقبال	47
(۷)	گہرے سمندر سے حملہ	ہدایت اللہ شاہ	51
(۸)	ہتھنی کا انتقام	ہدایت اللہ شاہ	60
(۹)	ہمدردی	نعیم احمد بلوچ	68

(۱) آخری گولی

حامد مشہود

وہ کل پانچ افراد تھے، تین مرد اور دو عورتیں۔ شام کے وقت ساحلِ سمندر کے ایک ویران گوشے میں، پتھروں پر بیٹھے ہوئے تھے۔ ان کے دائیں طرف سمندر کی منہ زور لہریں ٹھاٹھیں مار رہی تھیں اور بائیں طرف ایک اونچی چٹان سر اٹھائے کھڑی تھی، جو کسی پہاڑی کا باقی ماندہ حصہ تھی۔ چند قدم دور چار پانچ گاڑیاں کھڑی تھیں اس گروپ کے چیف کا نام تھا شفقت اگرچہ شفقت نام کی کوئی چیز اس کے چہرے پر دکھائی نہ دیتی تھی۔ وہ ایک ہٹا کٹا شخص تھا، چٹان کی طرح مضبوط اور پتھر کی طرح پتھریلا۔ چیف نے اچانک پہلو بدلا اور بولا:

"خواتین و حضرات آپ سب ملک کی خفیہ تنظیم کے ارکان ہیں۔ آپ کی مناسب کارکردگی کو مدِ نظر رکھ کر آپ کو ایک خفیہ مشن سونپا گیا۔ آپ میری ہدایات کے مطابق اپنا کام احسن طریقے سے سرانجام دیتے رہے مگر پھر ہم میں سے کسی نے ایک "کارنامہ" بھی سرانجام دے دیا، خفیہ سی ڈی کے چند منتخب حصے دشمن کے ہاتھوں فروخت کر دیے گئے۔"

چیف پھر اچانک خاموش ہو گیا وہ گرم نظروں سے ایک ایک کا چہرہ پڑھ رہا تھا، ہر ایک کو بری طرح گھور رہا تھا، بات ہی ایسی تھی، ملک سے غداری اور تنظیم سے بے وفائی۔ چیف نے سرد ہوا سے بچاؤ کے لیے عمدہ اونی مفلر لے رکھا تھا۔ اس نے اپنا چرمی تھیلا

کھول کر اس میں سے ایک سیاہ بڑا پستول نکالا۔ اس ماحول میں اس کی کرخت آواز پھر گونجی:

"غداری کی سزا موت ہوتی ہے، آپ سب جانتے ہیں کہ خفیہ ادارے غدار کو موت کے گھاٹ اتار کر دوسرے برے افراد کے لیے عبرت کا نمونہ پیش کرتے ہیں۔ کیا کسی کو اس بات پر اعتراض تو نہیں کہ غدار کو مارا نہ جائے؟"

"نو چیف" چند ملی جلی آوازوں نے سر جھکا دیا۔

"گڈ تو گویا آپ سب اس تنظیم کے اچھے کارکن ہیں۔" چیف نے اپنی جیب میں سے تین گولیاں نکال کر پستول کو کھولا اور اس کے چیمبر میں وہ گولیاں ڈال دیں۔ پھر پستول کی نال ہوا میں بلند کی اور ٹریگر دبا دیا۔ چیف نے دو گولیاں فضا میں چلا کر ضائع کر دیں۔ اب آخری گولی باقی تھی۔

"غدار کی قسمت کا فیصلہ اب یہ آخری گولی کرے گی۔" چیف نے زبان کھولی تو سب کے چہروں پر ایک رنگ آ کر گزر گیا۔ غدار کی نامزدگی کے بغیر ہر ایک شخص اپنے آپ کو مجرم اور غدار سمجھ رہا تھا کہ کہیں غداری کا اس پر کوئی الزام تو نہیں لگ گیا۔

چیف نے پستول دوبارہ کھول کر اس کا چیمبر گھما دیا اور پھر اچانک پستول بند کر دیا۔ اس نے سب کو ترچھی نگاہ سے دیکھ کر کہا۔ "معزز خواتین و حضرات آپ سب شریف، ایماندار اور پارسا افراد ہیں۔ آپ ملک کی اس خفیہ تنظیم کے ساتھ بھی مخلص ہیں۔ میں کسی بھی فرد پر غداری کا الزام لگا کر اس پر کیچڑ اچھالنا نہیں چاہتا۔ کیوں کہ یہ بات بہت بڑا "گناہ" ہے کہ کسی پر بہتان باندھا جائے، لہٰذا میں اس آخری گولی کا ہی فیصلہ تسلیم کروں گا دیکھئے، یہ گولی کیا فیصلہ کرتی ہے۔ میں اس عمل کا آغاز خود سے کرتا ہوں۔ میری آپ سب کے لیے دلی دعا ہے کہ آخری گولی صرف غدار کا ہی کام تمام کرے۔ مجھے اس

طریقے پر بھروسا ہے۔ میں چند سال قبل بھی آخری گولی کی مدد سے غدار کو سزا دے چکا ہوں بلکہ قسمت غدار کو خود ہی ڈھونڈ لیتی ہے۔"

چیف نے پستول کی نالی اپنی کنپٹی پر رکھی، آنکھیں بند کیں اور پستول کی لبلبی دبا دی
"کلک۔"

اس نے آنکھیں کھول کر خدا کا شکر ادا کیا اور پستول شاد صاحب کے حوالے کیا۔
شاد صاحب نے گہرا سانس لیا اور پستول کی نالی اپنے سر پر رکھ کر پستول چلا دیا
"کلک۔"

شاد صاحب جی کر مر اٹھے تھے۔ انہوں نے تھکی ہوئی مسکراہٹ کے ساتھ پستول عبدالقیوم صاحب کے حوالے کر دیا۔ عبدالقیوم صاحب چار بچوں کے باپ تھے انہوں نے زیرِ لب خدا سے دعا کی۔ ساری دنیا ان کے سامنے پل بھر میں سمٹ آئی۔ وہ غدار تو نہیں تھے مگر اس آخری گولی کا بھلا کیا بھروسا۔ انہوں نے خالقِ کائنات کو پکار کر پستول کی نالی اپنے ماتھے پر رکھی اور اس کی لبلبی دبا دی۔
"کلک۔"

وہ بچ گئے تھے۔ انہوں نے دل ہی دل میں شکرانے کے نفل ادا کرنے کا تہیہ کر لیا۔
پستول اب شمسہ کے ہاتھ میں تھا۔ شمسہ سخت گیر عورت دکھائی پڑتی تھی۔ عمر چالیس سال، تین بیٹوں کی ماں اور ایک بوڑھی بیمار ماں کی واحد خبر گیر۔ اس نے پستول تھام کر قدرے اکھڑے ہوئے لہجے میں کہا: "چیف میں غدار نہیں ہوں، آپ میرا ریکارڈ چیک کر لیں اور کوئی ثبوت مل جائے تو مجھے الٹا لٹکا کر میری چمڑی اتار دیں، پھر مجھے بھوکے کتوں کے آگے ڈال دیں۔"

"نہیں، آپ تو بہت اچھی ہیں۔" چیف نے طنز کیا۔

"تو پھر؟"

"پھر فیصلہ آخری گولی کا ہو گا، جو اس پستول کے چیمبر میں گھوم رہی ہے۔"

"چیف میرے تین چھوٹے چھوٹے بیٹے ہیں جو رات کے کھانے پر میرا انتظار کر رہے ہوں گے اور میری بوڑھی ماں میرا حد درجہ شریف خاوند۔"

"اوہ آپ مجھے رلانے والی باتیں نہ کریں۔" چیف کی آواز بھی رندھ گئی۔ وہ اگرچہ اداکاری کر رہا تھا مگر کامیاب اداکاری کر رہا تھا۔

چیف کے بے لچک رویے اور بے لحاظ نظروں نے شمسہ کو بتا دیا کہ اس کا فیصلہ اٹل ہے۔ تب اس نے لرزتے ہاتھ سے پستول بلند لیا۔ پستول کی نالی اپنے سر پر رکھ لی اور کلمہ توحید کا ورد کرتے ہوئے لبلبی دبا دی۔

آواز صرف "کلک" کی ابھری

چیف نے اسے نئی زندگی کی مبارک باد دی، جو اس نے شکریہ کے ساتھ قبول کی۔

پستول اب مس کرن کے پاس تھا۔ کرن تیس سالہ لڑکی تھی۔ اس کے چہرے پر حد درجہ معصومیت کا غلبہ تھا۔ چیف نے اسے نظر بھر کر دیکھا۔ آخری گولی اس پستول میں جہاں کہیں بھی تھی، گھوم گھام کر پستول کے نالی کے عین سامنے یا بالکل قریب آ چکی تھی۔ پستول چار بار چلایا جا چکا تھا اور اب خطرہ نوے فیصد سے بھی بڑھ چکا تھا، آر یا پار والا معاملہ تھا۔

"گولی چلائیں مس کرن" چیف نے اسے حکم دیا۔

تب پستول کرن کی گود میں پڑا تھا۔ اس نے شش و پنج میں مبتلا ہو کر پستول تھام لیا۔ اس نے ذرا ٹھہر کر کہا: "اندھی گولی کا فیصلہ اندھا ہو گا، میں نے کیا کیا ہے چیف کہ مجھے بھری جوانی میں موت کی گھاٹی میں دھکیلا جا رہا ہے۔"

چیف نے سخت لہجہ اختیار کیا: "اس پستول میں چھ گولیوں کی جگہ ہوتی ہے۔ یہ ضروری نہیں کہ وہ آخری گولی اب نالی کے سامنے پہنچ چکی ہو۔ معاملہ اگرچہ بہت خطرناک تھا مگر میں وعدہ کرتا ہوں کہ آپ کے بعد میں پستول کو اپنی کنپٹی پر رکھ کر چلاؤں گا اگر ایسا وقت یا تو" چیف نے ان سب کو دیکھ کر کہا۔ "میں خود کو سب سے پہلے سزاوار سمجھتا ہوں، اس لیے اس عمل کا آغاز میں نے خود سے کیا تھا اور انجام بھی وقت پڑنے پر خود ہی پر کروں گا مس کرن بے دھڑک گولی چلائیں اگر یہ غدارِ وطن نہ ہوئیں تو ان کی زندگی خواب نہیں ہو گی۔"

خوف زدہ کرن خاموش بیٹھی رہی۔

"مس کرن گولی چلائیں، اپنے چیف کا حکم ٹالنا بھی جرم ہے۔"

پھر کرن نے اچانک ہاتھ سیدھا کیا اور گولی چلا دی۔ فضا دھماکے سے گونج اٹھی تھی۔ چٹان پر بیٹھے ہوئے آبی پرندے اور سمندری بگلے اڑ گئے تھے۔ چیف چیخ کر پتھر پر سے نیچے گرا تھا اور اس نے اپنا سینہ اپنے دونوں ہاتھوں سے تھام رکھا تھا۔ وہ کراہتے ہوئے ریت پر لوٹ پوٹ ہو رہا تھا۔ کرن ماہر نشانہ انداز تھی وہ کئی بار نشانہ اندازی کے مقابلوں میں انعام حاصل کر چکی تھی۔ اس نے اپنے فن کا مظاہرہ چیف کے عین دل پر کیا تھا۔ چیف کا حکم نہیں ٹالا تھا۔ گولی تو چلائی تھی مگر اپنے سر پر نہیں، چیف کے سینے پر کرن نے وہ پستول پھینک کر اپنے لباس میں سے ایک ماؤزر نکال کر باقی ماندہ افراد پر تان لیا تھا تاکہ کوئی اسے روک نہ سکے۔ وہ الٹے قدموں پیچھے ہٹ رہی تھی تاکہ چند قدم دور جا کر اپنی گاڑی میں سوار ہو سکے۔ اس نے گھوم کر اپنی گاڑی کی طرف دیکھا اور یہی لمحہ قیامت بن گیا اچانک اسے کسی نے فضا میں گیند کی طرح اچھال دیا۔ وہ منہ کے بل زمین پر گری تو ماؤزر بھی اس کے ہاتھ سے نکل گیا۔ اس کو شاد صاحب نے اپنے شکنجے میں قابو کر لیا۔ اس

پر حیرت کا پہاڑ ٹوٹ پڑا کہ خاک میں غلطاں چیف پتھر پر پاؤں دھرے کھڑا تھا اور اس کے لبوں پر زہریلی مسکراہٹ تھی۔ چیف کے ہاتھ میں ایک چھوٹا پستول تھا جو اس نے یقیناً اپنے اونی مفلر میں سے نکالا تھا وہ آخری گولی سے بچ نکلا تھا۔

چیف نے کہا: "مجھے تجھ پر پہلے ہی یقین کی حد تک شک تھا۔ میری خفیہ اطلاع کے مطابق تو نے ہیروں والے زیورات خریدے ہیں اور دنیا کے ایک مہنگے شہر میں بنگلہ بھی۔ کرن بی بی وہ آخری گولی، پٹاخا گولی تھی۔ میں اتنا بے وقوف نہیں تھا کہ غدار تلاش کرنے کے لیے اندھی گولی کی مدد لیتا۔ میں نے جب چیمبر کو گھمایا تو بند کرتے وقت میں نے پستول کا چیمبر اپنے ہاتھ کے انگوٹھے کی مدد سے یوں روکا تھا کہ پٹاخا گولی پانچویں خانے میں تھی۔ میں نے تم لوگوں پر نفسیاتی حربہ استعمال کیا تھا اور یوں غدار لڑکی پکڑی گئی۔"

کرن جب تم ماؤزر تھام کر قدم قدم، الٹے پاؤں پیچھے ہٹ رہی تھی تو میری طرف تیرا دھیان نہیں تھا اور جب تم نے گاڑی کی طرف پلٹ کر مجھے ایک لمحہ دیا تو میں نے تجھے اٹھا کر فضا میں اچھال دیا، شاید تیرے علم میں نہ ہو کہ میں ایک ماہرِ نفسیات ہوں اور ننجا ماسٹر بھی۔"

بعد ازاں کرن کو مزید تفتیش کے لیے تنظیم کے زیر زمین نہاں خانے میں بھیج دیا گیا۔

(۲) آخری چوری

نعیم احمد بلوچ

وہ عجیب چور تھا۔ جب بھی چوری کرنے کا ارادہ کرتا، اپنے آپ سے وعدہ کرتا کہ اب چوری نہیں کرے گا۔ مگر کچھ ہی عرصے بعد اپنا وعدہ بھول جاتا۔ آج بھی جب وہ شہر کے ایک مال دار شخص کے گھر چوری کرنے جارہا تھا تو اس کا ضمیر اسے کوس رہا تھا۔ مگر وہ آج اپنے چور ہونے پر کچھ زیادہ ہی شرمندہ تھا۔ آیندہ چوری نہ کرنے کے عہد کو پکا کرنے کے لیے اس کے منہ سے ایک عجیب بددعا نکلی:

"یا اللہ تو آنے والے وقت کی خبر رکھتا ہے۔۔۔۔ اگر میں اپنی عادت سے باز آنے والا نہیں تو مجھے سزا دے۔ میں پکڑا جاؤں اور اگلی پچھلی تمام چوریوں کی سزا پاؤں!"

فریاد علی کوئی عادی چور نہیں تھا۔ تالے بنانے کا کام کرتا تھا اور بڑے بڑے لوگ اس سے اپنی تجوریوں کے تالے بنواتے تھے۔ وہ ان تالوں کی بناوٹ کو اپنے ریکارڈ میں رکھتا۔ پھر پانچ دس سال بعد جب ضرورت محسوس کرتا، اپنی بنائی ہوئی کسی تجوری کی چابی بناتا اور بڑی ہوشیاری سے اس گھر پہنچ جاتا۔ چوری کرنے سے پہلے وہ خاصی لمبی چوڑی منصوبہ بندی کرتا، اس لیے اس کا وار کبھی خالی نہ جاتا۔ پھر وہ سیف میں پڑی رقم سے کچھ حصہ ہی چراتا۔ یوں پولیس یہی شبہ کرتی کہ یہ گھر کے کسی فرد یا بھیدی کا کیا دھرا ہے۔ بعض اوقات تو یہ بھی ہوا کہ یہ سمجھ لیا گیا کہ شاید حساب میں گڑبڑ ہوئی ہو۔

یہ تھا فریاد علی کی کامیاب چوریوں کا راز!

وہ کوئی لالچی چور بھی نہ تھا۔ اس نے آج تک چوریاں بھی تو کوئی دس بارہ ہی کی ہوں

گی۔

اس سب کے باوجود آج جب وہ سیٹھ دلاور کے گھر پہنچا تو اسے عجیب سی گھبراہٹ ہو رہی تھی۔ سیٹھ دلاور کے سیف کو اس نے پندرہ سال پہلے بنایا تھا۔ ان دنوں سیٹھ دلاور کوئی زیادہ امیر آدمی نہیں تھا۔ مگر اب تو وہ شہر کے بڑے لوگوں میں شمار کیا جاتا تھا اور اس نے سیاست میں بھی حصہ لینا شروع کر دیا تھا۔ اس کے مخالف اس پر بد عنوانی کے الزام بھی لگاتے تھے، لیکن اس پر کوئی اثر نہیں ہوتا تھا اور وہ دن بدن امیر سے امیر تر ہو رہا تھا۔

فریاد علی، سیٹھ کے گھر کا جائزہ پہلے ہی لے چکا تھا۔ گھر کی حفاظت کا بندوبست تو خوب کیا گیا تھا لیکن رات کے اندھیرے میں ایک تجربہ کار اور ماہر چور کے لیے یہ بندوبست ناکافی تھا۔ فریاد علی پورا ایک ہفتہ اپنے منصوبے پر سوچتا رہا تھا۔ یہی وجہ تھی کہ وہ حیرت انگیز طور پر تجوری تک آرام سے پہنچ گیا۔ اب تجوری کھولنا تو اس کے لیے مسئلہ ہی نہیں تھا۔ اس کی اصل چابی اس کے پاس پہلے ہی سے تھی۔ تجوری ایک بڑی الماری میں بنائی گئی تھی۔ اسے اچھی طرح یاد تھا کہ اس نے سیٹھ سے اس وقت پوچھا بھی تھا کہ وہ تجوری کا اتنا بڑا سائز کیوں رکھوا رہا ہے تو وہ ہنس پڑا تھا۔ اس نے کہا تھا:

"فریاد علی، کیا بتاؤں میں بڑا بھلکڑ آدمی ہوں، اکثر اوقات اپنی پتلون ہی میں رقم بھول جاتا ہوں اور میری بیوی کو میرے کپڑوں کی تلاشی لینے کا بہت شوق ہے، جو مجھے بالکل پسند نہیں۔ اس لیے میں اس الماری میں کپڑے بھی رکھوں گا اور اپنی رقم بھی!"

فریاد علی نے اس وقت یہی سمجھا تھا کہ سیٹھ دلاور کو اپنی بیوی پر یا تو اعتماد نہیں یا وہ نہایت کنجوس آدمی ہے۔

اس وقت تک وہ تجوری کھول چکا تھا۔ اس کا بڑا دروازہ کھول کر جب اس نے اندر دیکھا تو اسے سخت حیرانی ہوئی۔ اس کے اندر اسے ایک اور دروازہ دکھائی دیا۔ اس نے

اس کا ہینڈل گھمایا تو معلوم ہوا کہ تالا لگا ہوا ہے۔ اس نے جیب سے تالا کھولنے کے لیے ضروری اوزار نکالے جنہیں وہ ساتھ لے آیا تھا۔ مگر تالا نہ کھلا، البتہ اسے اس تالے کی سمجھ آچکی تھی کہ اس کو کھولنے کے لیے کس قسم کی چابی درکار ہو گی۔ مگر اس کے لیے اسے اپنی ورکشاپ جانا ضروری تھا۔

"اس الماری میں کیا ہے ؟" فریاد علی کے لیے یہ سوال بہت اہم تھا۔ کیوں کہ لگتا یہی تھا کہ اس میں کوئی بہت ہی خاص چیز ہے۔۔۔ یوں اس نے فیصلہ کیا کہ وہ اگلے دن پھر آئے گا۔۔۔ پوری تیاری کے ساتھ۔ یہ دیکھنے کے لیے کہ تجوری میں کیا ہے ؟

سیف کی چابی بناتے ہوئے بھی فریاد علی یہی سوچتا رہا کہ آخر اس سیف میں کیا ہو سکتا ہے۔ اس کی چھٹی حس کسی خطرے کا الارم بجارہی تھی۔ اسی ممکنہ خطرے سے بچنے کے لیے اس نے ایک منصوبہ بنایا، اس نے اپنے ایک قریبی دوست ایڈووکیٹ علی سفیان کے نام ایک خط لکھا:

"پیارے سفیان!

السلام علیکم!

یہ خط تمہیں جیسے ہی ملے، پولیس کو لے کر سیٹھ دلاور حسین کے گھر پہنچ جانا۔ یاد رکھنا ذرا سی دیر بھی میری جان کے لیے خطرے کا باعث بن سکتی ہے۔ اور ہاں، میرے بیوی بچوں کو پریشان کرنے کی ضرورت نہیں۔"

والسلام

تمہارا دوست"

رات کو گھر سے رخصت ہوتے وقت اس نے اپنی بیوی کو یہ خط دیتے ہوئے کہا:

"بیگم، مجھے اچانک ایک دوست کے ہاں جانا پڑ گیا ہے۔ تم یہ لفافہ لے لو۔ اس میں

ایڈووکیٹ علی سفیان کے ضروری کاغذات ہیں۔ اگر میں رات تک واپس نہ آیا تو صبح خود جا کر یہ لفافہ اسے دے دینا اور اپنے سامنے یہ لفافہ اسے کھولنے کے لیے کہنا۔ جب اسے تسلی ہو جائے کہ اس میں کاغذات پورے ہیں تو واپس آنا۔۔۔"

اس کی بیوی پریشان تو ہوئی لیکن فریاد علی نے اس کو یہ کہہ کر اطمینان دلایا کہ ایسی ویسی کوئی بات نہیں ہے۔ اول تو وہ خود تھوڑی دیر بعد گھر آ جائے گا، ورنہ اسے ہی یہ تکلیف کرنی ہو گی۔

کسی خاص دقت کے بغیر فریاد علی ایک مرتبہ پھر سیٹھ دلاور کی پراسرار تجوری کے سامنے کھڑا تھا۔ ننھی سی ٹارچ اس نے منہ میں دبا رکھی تھی۔ اس کی روشنی میں وہ تجوری کھولنے میں مصروف تھا۔ سیٹھ دلاور نے تو اس تجوری کا تالا بنوانے میں معلوم نہیں کتنی دیر لگائی تھی مگر فریاد علی نے صرف بیس منٹوں میں اسے کھول لیا تھا۔

تجوری کا دروازہ کھلا تو اندر گھپ اندھیرے کے سوا کچھ نہ تھا۔ آگے جھک کر اس نے ٹارچ کی روشنی ڈالی تو معلوم ہوا کہ یہ کوئی تہ خانہ ہے۔ دھڑکتے دل کے ساتھ وہ اندر داخل ہو گیا۔ اسے تین سیڑھیاں اترنا پڑی تھیں۔ کمرے کی دیواروں پر روشنی ڈالنے سے اسے سوئچ بورڈ نظر آیا۔ بٹن دباتے ہی بلب کی مدھم سی روشنی پورے کمرے میں پھیل گئی اور ساتھ ہی حیرت اور خوف سے اس کے چہرے پر ایک رنگ آیا اور ایک رنگ گیا! پورا کمرہ طرح طرح کے خوف ناک ہتھیاروں سے بھرا ہوا تھا۔ مختلف اقسام کی بندوقیں، ریوالور، گولیاں، بم، چاقو اور خنجر۔

اسے سیٹھ دلاور کے اتنے تھوڑے عرصے میں امیر بننے کا راز سمجھ میں آ گیا تھا۔ وہ ہتھیاروں کی خرید و فروخت کا ناجائز کاروبار جو کرتا تھا۔ کمرے کی بائیں دیوار پر اسے بڑے دھانے والا ایک ہتھیار نظر آیا۔ وہ اس کی طرف بڑھا۔ پھر نہ جانے اس کا ہاتھ

کہاں لگا کہ پورا کمرہ سرخ روشنی میں ڈوب گیا۔ اسی لمحے اسے سائرن کی گھٹی گھٹی سی آواز سنائی دی۔

فریاد علی سمجھ گیا کہ اس کا ہاتھ انجانے میں خفیہ سائرن پر لگ گیا ہے۔ اب اس کا پکڑے جانا یقینی تھا اور پکڑے جانے کا خیال آتے ہی خوف کے مارے اس کا جسم پسینے سے شرابور ہو گیا۔ "سیٹھ دلاور مجھے زندہ نہیں چھوڑے گا۔ وہ صبح ہونے سے پہلے ہی مجھے ٹھکانے لگا دے گا۔" یہ سوچتے ہوئے وہ فوراً باہر کی طرف لپکا۔ مگر تجوری کا دروازہ خود بخود بند ہو چکا تھا۔ لگتا تھا کہ اسے خودکار تالا لگ چکا ہے۔ فریاد علی کو اپنی زندگی کا خاتمہ سامنے نظر آ رہا تھا۔ اسی وقت اسے اپنی بد دعا یاد آئی جو اس نے اپنے آپ کو دی تھی۔ اسے یقین تھا کہ وہ اسی بد دعا کا شکار ہوا ہے۔۔۔ تبھی اس نے اللہ سے ایک اور دعا مانگی: "اے اللہ، میں بہت گناہ گار شخص ہوں۔ مگر مجھے یہ بھی معلوم ہے کہ تو گناہ گاروں کی بھی سنتا ہے۔ میں تجھ سے دعا کرتا ہوں کہ میری جان ضائع نہ ہو۔ میرے ذریعے سے سیٹھ دلاور کی اصلیت ظاہر ہو جائے تاکہ میرے پیارے وطن کو نقصان پہنچانے والا، اس کا امن تباہ کرنے والا دہشت گرد اور دشمن کا ایجنٹ پکڑا جائے۔۔۔ شاید میری یہی نیکی، میرے گناہوں کی معافی کا سبب بن جائے۔۔۔" وہ یہ دعا مانگ رہا تھا اور اس کی آنکھوں سے ٹپ ٹپ آنسو گر رہے تھے۔

سائرن کی آواز سیٹھ دلاور کے کمرے میں گونج رہی تھی۔ وہ ہڑبڑا کر اٹھ بیٹھا۔ اس سائرن کے بجنے کا مطلب اسے اچھی طرح معلوم تھا۔ اس نے ریوالور پکڑا اور تجوری کی طرف لپکا۔ فریاد علی کی بنائی ہوئی تجوری کھلی دیکھ کر وہ بوکھلا گیا۔ اسے یہ تو معلوم تھا ہی کہ سائرن بجنے کے بعد تہ خانے کا دروازہ خود بخود بند ہو جاتا ہے۔

اس نے فوراً اپنے خاص آدمیوں کو بلایا۔ ایک آدمی پر اسرار تجوری کا دروازہ کھولنے لگا اور دوسرے لوگ ریوالور، بندوقیں تانے دروازے کے باہر تیار کھڑے ہو گئے۔ چابی لگی، کلک کی آواز آئی، دروازے کو کھولنے کے لیے دھکا لگایا گیا لیکن وہ نہ کھلا۔ کھولنے والے کو تشویش ہوئی اس نے مزید زور لگایا۔ مگر دروازہ نہ کھلا۔ آخر اس نے اعلان کیا:

"دروازہ اندر سے بند ہے۔"

اس نئی آفت نے انہیں سخت پریشان کیا۔ وہ جانتے تھے کہ دروازے کو زبردستی کھولنے کا خطرہ مول نہیں لیا جا سکتا۔ کمرے میں ہتھیاروں کے ساتھ دھماکا خیز مواد بھی تو موجود تھا۔ انہیں خدشہ تھا کہ دروازے کو بارود سے اڑانے کی کوشش میں کہیں اندر رکھے بارود ہی کو آگ نہ لگ جائے۔

"لیکن ہمیں اس دروازے کو ہر قیمت پر کھولنا ہے۔ معلوم نہیں اندر کون ہے۔" سیٹھ دلاور پریشانی سے بولا۔

"اس کے لیے ہمیں صبح ہونے کا انتظار کرنا پڑے گا۔"

"وہ کیوں؟" اپنے کارندے کی بات کے جواب میں سیٹھ دھاڑا۔

"اس کے لیے ہمیں دروازہ کاٹنا پڑے گا۔ دروازہ کاٹنے کا بہترین اور محفوظ طریقہ الیکٹرک کٹر (بجلی کی آری) ہے۔ اور وہ صبح ہی مل سکتا ہے۔" کہنے والے کی بات بالکل درست تھی۔ دروازے کے باہر پہرہ لگا دیا گیا اور صبح کا انتظار ہونے لگا۔

فریاد علی جانتا تھا کہ اس کی زندگی تبھی بچ سکتی ہے جب پولیس کو خبر ہو جائے کہ وہ کہاں ہے۔ وہ ساری رات اللہ تعالی سے اپنے گناہوں کی معافی اور وطن کے دشمن کے بے نقاب ہونے کی دعائیں مانگتا رہا تھا۔ وہ ابھی انہی دعاؤں میں مصروف تھا کہ اسے دروازے

کے باہر شور سنائی دیا۔ اس نے چونک کر گھڑی دیکھی۔ اس نے اندازہ لگایا کہ سورج طلوع ہو گیا ہو گا۔ اسے اب اپنی موت کا مکمل یقین ہو گیا تھا۔ وہ اچھی طرح جانتا تھا کہ اس کی بیوی بہت جلد بھی علی سفیان ایڈووکیٹ کی طرف گئی تو نو دس بجے کے قریب ہی جائے گی اور پولیس کو ساتھ لے کر یہاں پہنچنے تک انہیں مزید ایک گھنٹا لگے گا۔ اس وقت تک اس کی لاش بھی ٹھکانے لگائی جا چکی ہو گی۔ وہ اس کمزور منصوبے پر اپنے آپ کو کوسنے لگا۔ تب اس نے فیصلہ کیا کہ وہ بے بسی کی موت نہیں مرے گا۔

وہ تہ خانے میں موجود اسلحے کا جائزہ لینے لگا۔ اس نے تو کبھی رائفل اٹھا کر بھی نہیں دیکھی تھی۔ آج تک جتنی بھی چوریاں اس نے کی تھیں، ان میں اسے گولی چلانے کی ضرورت ہی پیش نہیں آئی تھی۔ لیکن اپنی زندگی بچانے اور اپنے سے بڑے مجرم کو بے نقاب کرنے کی دھن اسے بہت کچھ سکھا رہی تھی۔ تالا بنانے کے فن سے تو وہ واقف تھا ہی، کسی اور چیز کے نظام کو سمجھنا بھی اس کے لیے زیادہ مشکل نہیں تھا۔ اس نے ایک بڑی بندوق میں گولیوں کا میگزین فٹ کیا اور بموں کا جائزہ لینے لگا۔ جلد ہی اسے ایک اور چیز مل گئی۔ یہ ایک ریموٹ کنٹرول بم تھا۔ اسی لمحے اسے باہر شور کی آواز سنائی دی۔ ساتھ ہی دروازے سے چنگاریاں اڑتی ہوئی نظر آنے لگیں۔ وہ سمجھ گیا کہ بہت جلد الیکٹرک کٹر سے دروازے میں سوراخ ہو جائے گا۔ اس کے پاس وقت بہت کم تھا۔ اس نے جلدی سے ریموٹ کنٹرول بم سے کام لینے کا فیصلہ کیا۔

یہ اس کی خوش قسمتی تھی کہ دروازہ کٹنے سے پہلے وہ بم تیار کر چکا تھا۔ مگر دوسری طرف دروازے میں سوراخ بھی ہو چکا تھا۔ اسی لمحے اس نے بم کو ایک طرف رکھا، جلدی سے بندوق اٹھائی اور سوراخ کی طرف منہ کر کے فائرنگ شروع کر دی۔

فائرنگ کی آواز سن کر باہر کھڑے تمام لوگ بھاگ اٹھے۔ فریاد علی نے بم دوبارہ پکڑ لیا۔ وہ ابھی اس کو ٹھیک کرنے میں مصروف تھا کہ دروازے میں سوراخ ہو گیا۔ وہ اگر فوراً ایک طرف نہ ہوتا تو آنے والی گولیوں کی بوچھاڑ اس کا کام تمام کر چکی ہوتی۔ اس نے مزید انتظار کرنا مناسب نہ سمجھا اور ریموٹ کنٹرول بم کو جیسے تیسے سوراخ سے باہر پھینک دیا۔

باہر ایک دم بھگدڑ مچ گئی۔ وہ سن رہا تھا۔۔۔ "بھاگو، بم، ریموٹ کنٹرول بم۔۔۔۔ کسی وقت بھی دھماکا ہو سکتا ہے۔"

یہ سننے کی دیر تھی کہ فریاد علی ہاتھ میں بندوق لیے پراسرار تجوری سے باہر نکل آیا۔ ایک طرف میز پر اسے ٹیلی فون پڑا نظر آیا۔ وہ اسی کی طرف لپکا۔ ابھی اس نے ٹیلی فون کا ریسور اٹھایا ہی تھا کہ ایک گولی سنسناتی ہوئی اس کے کان کے قریب سے گزر گئی۔ وہ فوراً نیچے بیٹھ گیا اور گھٹنوں کے بل ایک صوفے کی آڑ لینے کے لیے آگے بڑھا۔ مگر لگتا تھا کہ وہ دشمن کی نظروں میں آگیا تھا۔ اس پر فائرنگ ہونے لگی۔ وہ وہیں دبک کر بیٹھ گیا۔ اچانک اسے ریموٹ کنٹرول بم یاد آیا۔ وہ اچھی طرح جانتا تھا کہ اگر اس نے بم چلا دیا تو وہ خود بھی زندہ نہیں بچے گا۔ مگر اگلے ہی لمحے ایک دوسرا خیال اس کے ذہن میں آیا۔ کہیں سیٹھ دلاور بھاگ ہی نہ جائے۔ یہ خیال آتے ہی اس نے ریموٹ کنٹرول کا بٹن دبا دیا۔

مگر کوئی دھماکا نہ ہوا۔ ریموٹ کنٹرول صحیح طرح سے فٹ نہیں ہو سکا تھا! اسی لمحے ایک شیطانی قہقہہ گونجا اور ایک آواز آئی:

"بے وقوف شخص، باہر آجاؤ۔۔۔ ہمیں معلوم تھا کہ تم سے بم صحیح فٹ نہیں ہوا، ورنہ بم پر سرخ روشنی ضرور جلتی۔۔۔ یہ چکر تو ہم نے تمہیں باہر نکالنے کے لیے چلایا

تھا۔۔۔۔"

فریاد علی نے بے بسی سے آواز کی سمت دیکھا۔ سیٹھ دلاور ہاتھ میں ریوالور پکڑے ایک مسلح شخص کے ساتھ اس کی طرف بڑھ رہا تھا۔ اسے معلوم تھا کہ اس نے ذرا بھی حرکت کی تو گولیاں اس کے جسم کے آر پار ہو جائیں گی۔ اس نے بندوق پھینک دی اور کھڑا ہو گیا۔

"چور صاحب، میں تمہاری ہنر مندی کا قائل ہو چکا ہوں۔ تم نے یہ دونوں تجوریاں جس آسانی سے کھولی ہیں اس سے ثابت ہوتا ہے کہ تم بڑے کام کی چیز ہو اور میں کام کی چیزوں کو ختم کرنے کا عادی نہیں۔ اگر تم زندہ رہنا چاہو تو مجھے خوشی ہو گی۔" سیٹھ دلاور حالات پر قابو پانے کے بعد بڑے اعتماد سے بول رہا تھا۔۔۔۔ فریاد علی کے ذہن میں ایک لمحے کے لیے بھی جان بچانے کا خیال نہ آیا۔ وہ فوراً بولا:

"سیٹھ دلاور، یہ ٹھیک ہے کہ میں چور ہوں لیکن تم تو غدار ہو۔ میں تمہارے ہاتھوں پل پل مرنے کے بجائے ایک ہی دفعہ مرنا بہتر سمجھتا ہوں۔ چلاؤ گولی۔۔۔۔ شاید میری یہ نیکی ہی آخرت میں میرے کام آ جائے۔"

"اچھا۔۔۔۔ تمہیں مرنے کا اتنا شوق ہے تو لو۔۔۔۔" اس کے ساتھ ہی اس نے گولی چلا دی۔ گولی اس کے کندھے پر لگی۔۔۔۔ سیٹھ شیطانی مسکراہٹ کے ساتھ بولا: "یہ نہ سمجھنا کہ میرا نشانہ برا ہے۔۔۔۔ تمہیں سمجھانے کی خاطر بتا رہا ہوں کہ مرنا اتنا آسان نہیں، بہت تکلیف ہوتی ہے اس میں، اس لیے کہتا ہوں کہ اب بھی وقت ہے۔۔۔۔"

فریاد علی درد کی شدت پر قابو پاتے ہوئے بولا: "غدار وطن! یہ مت سمجھو کہ تمہارے چہرے پر یہ نقاب ہمیشہ چڑھا رہے گا۔۔۔۔ میں اپنے گھر بتا کر آیا ہوں کہ میں تمہارے گھر جا رہا ہوں۔۔۔۔"

جواب میں سیٹھ نے طویل قہقہہ لگایا اور بولا: "بے وقوف آدمی! پولیس کے آنے سے پہلے تمہارا نام ونشان تک نہیں ہو گا۔ لو اب مرنے کے لیے تیار ہو جاؤ۔۔۔"

اسی لمحے بھاری بوٹوں کی آواز آئی۔ پھر ایک آواز گونجی: "سیٹھ دلاور، تمہارا اصلی چہرہ سامنے آچکا ہے۔ خبردار! ہتھیار پھینک دو۔"

سب حیران تھے کہ یہ پولیس اچانک کیسے آگئی؟ خود فریاد علی حیران تھا کہ یہ معجزہ کیسے ہو گیا؟ مگر ایسا ہو چکا تھا اور سیٹھ دلاور قانون کی گرفت میں آچکا تھا۔

فریاد علی کو اس کی بیوی نے بتایا کہ اس کے دیئے ہوئے خط پر اس کے بیٹے نے پانی گرا دیا تھا۔ کاغذ سکھانے کے لیے اس نے لفافہ کھولا تو اسے معلوم ہوا کہ علی سفیان ایڈووکیٹ کے نام اس نے کیا پیغام لکھا ہے۔ تب وہ رات ہی کو خط لے کر علی سفیان ایڈووکیٹ کے پاس پہنچ گئی۔ وکیل صاحب نے بھی دیر نہ کی اور سیدھے پولیس کے اعلیٰ افسر کے پاس پہنچ گئے۔ پولیس کی نظروں میں سیٹھ دلاور پہلے ہی مشکوک تھا۔ انہوں نے راتوں رات ہی سیٹھ کی کوٹھی کا محاصرہ کر لیا اور جب سیٹھ دلاور کی کوٹھی سے فائر کی آوازیں اور شور سنائی دیا تو وہ فریاد علی کو بچانے کے لیے آموجود ہوئے۔ اللہ نے اپنے گناہ گار بندے کی دعا قبول کر لی تھی۔۔۔ کیونکہ اللہ ہر ایک کی دعائیں قبول کرتا ہے۔۔۔ بشرطیکہ اس سے صرف اور صرف سچے دل سے مانگا جائے!

(۳) اصلی ہیرو

علی اکمل تصور

آبشار کا پانی تقریباً دو سو فٹ کی بلندی سے نشیب میں گر رہا تھا۔ قیامت خیز شور برپا تھا۔ پانی میں جگہ جگہ چٹانیں ابھری ہوئی تھیں اور ان چٹانوں میں سے ایک پر "نیل" بیٹھا ہوا تھا۔ وہ بہت سہا ہوا تھا۔ وہ کبھی آگے دیکھتا، کبھی پیچھے۔ آگے سے پانی طوفانی رفتار میں بہتا ہوا اچلا رہا تھا اور پیچھے نشیب میں گر رہا تھا۔ اس کی مثال کچھ ایسی ہی تھی کہ جیسے کوئی بدنصیب چوہا کڑکی میں پھنس جائے۔

نیل ایک مشہور فلم ڈائریکٹر تھا۔ وہ فلم کی شوٹنگ کے لیے اپنی ٹیم کے ہمراہ افریقہ کے گھنے جنگلوں میں آیا اور اب مناسب لوکیشن کی تلاش میں بری طرح پھنس چکا تھا۔ اس کی موٹر بوٹ بھی تباہ ہو چکی تھی اور اب وہ اپنے موبائل کے ساتھ الجھا ہوا تھا۔ اپنے ساتھیوں سے رابطے کا یہی ایک طریقہ اس کے پاس رہ گیا تھا۔

نیل کی سب سے بڑی کمزوری یہ تھی کہ وہ بہت جلد باز تھا۔ جلد بازی کی وجہ سے وہ ہمیشہ نقصان اٹھاتا اور آج بھی ایسا ہی ہوا۔ وہ کسی کو بتائے بغیر اپنی موٹر بوٹ میں نکل آیا تھا۔ ایک خوب صورت دریا کے دونوں کناروں پر سرسبز درخت موجود تھے، اس کا خیال تھا کہ فلم کی شوٹنگ کے یے مناسب مقامات بھی نظر میں آجائیں گے اور تھوڑی سیر بھی ہو جائے گی۔ لیکن معاملہ اس کے برعکس ہو گیا۔ وہ اس علاقے کے راستوں سے واقف نہیں تھا اور اسے اس بات کا بھی احساس نہیں ہوا کہ ہر گزرتے لمحے کے ساتھ بوٹ کی

رفتار میں اضافہ ہو رہا ہے۔ اسے احساس اس وقت ہوا جب اس کے کانوں سے آبشار گرنے کا شور ٹکرایا۔ خود کو خطرے میں محسوس کر کے وہ سن ہو کر رہ گیا تھا۔ پھر اس نے کانپتے ہاتھوں سے بوٹ کا انجن بند کر دیا۔ چپو سنبھالنے کی کوشش میں وہ دریا میں گر پڑا۔ سرد پانی نے اس کے ہوش اڑا دیئے۔ موٹر بوٹ چٹانوں سے ٹکرا کر تباہ ہو گئی اور وہ بڑی مشکل سے ایک چٹان پر چڑھنے میں کامیاب ہو پایا تھا۔

دوسری طرف یونٹ میں ہلچل مچی ہوئی تھی۔ تمام لوگ بوکھلائے نیل کو تلاش کر رہے تھے اور اس کا نتیجہ مارشل کو بھگتنا پڑ رہا تھا۔ وہ سب غصیلی نظروں سے مارشل کو گھور رہے تھے۔ سب سے زیادہ بے چینی البرٹ کو ہو رہی تھی۔ اس سارے منصوبے میں اس کی رقم لگی ہوئی تھی۔ وہ فلم پروڈیوسر تھا۔ یہ فلم شکاریات کے موضوع پر بنائی جا رہی تھی۔ فلم میں ہیرو بھی ایک شکاری ہی کو دکھایا گیا تھا لیکن نیل کی گمشدگی کے ساتھ ہی یہ پروجیکٹ ناکام ہوتا نظر آ رہا تھا۔ نیل ہی ایک ایسا ہدایت کار تھا جو اس فلم کو شاہکار بنا سکتا تھا۔ اور البرٹ کو پختہ یقین تھا کہ اس ساری گڑبڑ کا ذمہ دار مارشل ہے۔

مارشل ایک سیاہ فام حبشی تھا۔ اس کی پیشانی پر موجود محراب اس کے مسلمان اور پکے نمازی ہونے کا ثبوت دے رہا تھا۔ وہ گھاس پر ٹانگیں پھیلائے بیٹھا تھا۔ اس کے داہنے پاؤں پر پٹی بندھی ہوئی تھی جو خون آلود تھی۔

"سیدھی طرح بتا دو کہ تم نے نیل کے ساتھ کیا سلوک کیا؟" البرٹ سخت لہجے میں مارشل سے پوچھ رہا تھا۔

"میں کچھ نہیں جانتا" مارشل نے مضبوط لہجے میں کہا۔ اس کی بات سن کر البرٹ اور اس کے ساتھیوں کی آنکھیں انگاروں کی مانند دہکنے لگیں۔ قریب تھا کہ وہ مارشل پر حملہ کر دیتے کہ وہ بول پڑا: "میں مسلمان ہوں جھوٹ بولنا میری عادت نہیں ہے۔ بے شک

نیل نے میرے ساتھ زیادتی کی تھی لیکن میں اتنا کم ظرف نہیں ہوں کہ زیادتی کا جواب انتقام سے دوں اور پھر ویسے بھی سچا مسلمان اپنا معاملہ اللہ پر چھوڑ دیا کرتا ہے لیکن افسوس تم لوگ میری بات سمجھ نہیں پاؤ گے!" اتنا کہہ کر مارشل نے سر جھکا لیا۔ وہ جانتا تھا کہ یہ لوگ اس کے ساتھ اچھا سلوک نہیں کریں گے۔ البرٹ کے ساتھی اس کے گرد دائرہ بنائے کھڑے تھے۔ وہ البرٹ کے اشارے کے منتظر تھے اور البرٹ کھڑا دانت پیس رہا تھا۔

اس ایک لمحے میں مارشل کو اپنی بے بسی پر رونا آگیا۔ وہ افریقہ کا رہائشی تھا۔ اسے اور اس کے دس ساتھیوں کو اجرت پر ملازم رکھا گیا تھا۔ فلم کے ڈائریکٹر نیل کو ایسے آدمیوں کی ضرورت تھی جو اس آفتوں بھرے جنگل میں ان کی راہنمائی کر سکیں اور پھر نیل نے راہنمائی کے ساتھ ساتھ ان سے بار برداری کا کام بھی لینا شروع کر دیا۔ مارشل کے ساتھی اس سے دور جھاڑیوں کے پاس کھڑے تھے۔ وہ بے بس تھے۔ مارشل کی مدد کرنا ان کے لیے ممکن نہیں تھا۔ فلم یونٹ کے پاس اسلحہ بھی موجود تھا۔ وہ ہر طرح کا انتظام کر کے اس جنگل میں آئے تھے۔ فلم میں کام کرنے والے اداکار کرسیوں پر بیٹھے یہ تماشا دیکھ رہے تھے۔ ان میں فلم کا ہیرو بھی موجود تھا۔ اس نے شکاریوں والا لباس پہن رکھا تھا۔ کمر سے بندھی چمڑے کی بیلٹ کے ساتھ نقلی پستول بھی لٹک رہا تھا۔ وہ بھی ناپسندیدہ نظروں سے مارشل کی طرف دیکھ رہا تھا۔ وہ پہلی بار ایسے حالات کا شکار ہوا تھا۔ رات جنگلی حشرات نے کاٹ کاٹ کر اس کا برا حال کر دیا تھا۔ وہ جلد سے جلد اس مصیبت بھرے جنگل میں سے نکل کر واپس امریکا جانا چاہتا تھا۔ جب اس کا ذہنی ہیجان حد سے بڑھ گیا تو وہ لپک کر مارشل کی طرف آیا اور اس کا گریبان پکڑتے ہوئے بولا: "تم نے یقیناً نیل کو مار کر اسے ٹھکانے لگا دیا ہے۔ اگر ایسی بات ہے تب بھی مجھے بتا دو۔ میں اس منحوس

جنگل میں سے نکلنا چاہتا ہوں !" اتنا کہہ کر اس نے البرٹ کی طرف دیکھا اور دانت پیستے ہوئے بولا۔ "یہ میری پہلی اور آخری غلطی تھی۔ آئندہ کبھی میں کسی جنگل ایڈونچر فلم میں کام نہیں کروں گا" پھر وہ بڑبڑاتے ہوئے واپس اپنی کرسی پر جا بیٹھا۔ مارشل کی آنکھوں میں آنسو آ گئے تھے۔ سب لوگ اسی پر شک کر رہے تھے۔ اور وہ بے گناہ ہونے کے باوجود کسی کو اپنی بے گناہی کا یقین دلانے کے قابل نہیں تھا۔

ابھی کل کی ہی بات تھی۔ فلم کی شوٹنگ کی تمام تیاریاں مکمل ہو چکی تھیں۔ کیمرہ کرین پر فٹ کر دیا گیا تھا۔ چھوٹی سی اس کرین کو لوہے کی پٹری پر چلنا تھا۔ اور پٹری پر گردش کے دوران ہی نیل کو یہ منظر ریکارڈ کرنا تھا۔ درختوں کے نیچے گڑھا کھود کر مصنوعی دلدل تیار کر لی گئی تھی۔ فلم کی ہیروئن کو اس دلدل میں دھنسنے کی اداکاری کرنا تھی اور پھر نیل کے اشارے پر فلم کے ہیرو کو منظر میں داخل ہونا تھا۔ تمام لوگ اپنی اپنی جگہ پر تیار کھڑے نیل کے اشارے کے منتظر تھے۔ مارشل نے راڈ تھام رکھا تھا۔ راڈ کے سرے پر جستی آئینہ نصب تھا۔ قدرتی ماحول میں شوٹنگ کی وجہ سے سورج کی روشنی سے کام لیا جا رہا تھا۔ مارشل چونکہ اس ہنر سے ناواقف تھا، اس لیے روشنی کا زاویہ درست رکھنے میں اسے الجھن پیش رہی تھی۔ ایسے میں نیل چلا اٹھا:

"احمق آدمی آئینے کو ایسے گھماؤ ایسے" اس نے ہاتھ کا اشارہ کیا۔ مارشل اپنی کوشش میں پٹری کے پاس چلا یا تھا۔ پٹری کو گڑھے کے اطراف میں دائرے کی شکل میں بچھایا گیا تھا۔ مارشل کو خبر بھی نہیں ہوئی کہ کب اس کا پاؤں پٹری پر آ گیا۔

"رک جاؤ یہیں پر پتھر بن جاؤ" نیل نے چیخ کر کہا تھا اور پھر ہیروئن کو تیار رہنے کی ہدایت دی۔ ہیروئن درخت کی شاخ کے ساتھ لٹک گئی تھی۔ تمام لوگوں نے چپ سادھ لی تھی۔ ایسے میں نیل پوری قوت سے چلا دیا۔

"ایکشن!" اس آواز کے ساتھ ہی ہیروئن نے درخت سے نیچے چھلانگ لگا دی۔ اور پھر وہ تیز آواز میں چیخنے لگی۔ وہ بڑی زبردست اداکاری کر رہی تھی۔ یوں محسوس ہو رہا تھا کہ جیسے وہ سچ مچ دلدل میں دھنس رہی ہو۔ نیل کیمرے سے آنکھ لگائے بیٹھا تھا اور اس کا نائب غیر محسوس طریقے سے کرین کو پٹری پر دھکیل رہا تھا۔ کرین لمحہ بہ لمحہ مارشل کی طرف بڑھ رہی تھی اور پھر جیسے ہی کرین گردش کرتی مارشل کے پاس پہنچی مارشل کا دل اچھل کر حلق میں پھنسا۔ مارشل کا پاؤں پٹری اور کرین کے فولادی پہیے کے درمیان پھنس کر رہ گیا تھا۔ درد کی تیز لہر مارشل کے وجود میں دوڑ گئی اور پھر دوسرے ہی لمحے وہ زور سے چیخا۔ اس کی حرکت غیر ارادی تھی۔ لوہے کا راڈ اس کے ہاتھ سے نکل گیا۔ پاؤں باہر کھینچنے کی کوشش میں کرین بھی ڈگمگا گئی۔ نیل کا سارا کام بگڑ گیا تھا۔ غصے کی شدت سے وہ پاگل ہوا جا رہا تھا۔ پھر وہ تیزی سے مارشل کی طرف بڑھا اور اس کو تھپڑوں کی زد میں رکھ لیا۔ مارشل کے پاؤں میں سے خون بہہ رہا تھا۔ پھر اس کی آنکھوں سے آنسو بھی بہنے لگے۔ یونٹ کے ہمراہ آئے ڈاکٹر نے اس کے پیر پر پٹی باندھ دی تھی لیکن اس کے دل پر لگنے والے زخم پر مرہم نہیں رکھ پایا تھا اور پھر اگلے دن نیل کی گمشدگی کے ساتھ ہی سب لوگ مارشل پر شک کرنے لگے تھے۔ سب کو یقین تھا کہ مارشل نے نیل سے انتقام لیا ہے۔

"البرٹ یوں بات نہیں بنے گی مارشل کو سیدھا کرنے کے لیے اس کے ساتھ الٹا سلوک کرنا پڑے گا۔" یہ ٹونی تھا۔ ٹونی نیل کا اسسٹنٹ تھا اور وہ بھی غصے میں تھا۔

"شاید تم درست کہتے ہو مارشل کی اچھی طرح مرمت کرو۔" البرٹ نے سر ہلاتے ہوئے اجازت دے دی۔ ٹونی اپنے ساتھیوں کے ہمراہ ایک ایک قدم اٹھاتا مارشل کی طرف بڑھ رہا تھا اور مارشل اپنی جگہ پر ساکت ہو چکا تھا۔ لیکن اس سے پہلے کہ ٹونی مارشل

پر ہاتھ اٹھاتا۔ سب لوگ چونک پڑے۔ البرٹ کی جیب میں موجود موبائل فون کی گھنٹی بج رہی تھی۔ البرٹ نے تیزی سے موبائل کا بٹن دبایا اور پھر وہ خوش ہو گیا۔

نیل سے رابطہ قائم ہو چکا تھا۔ اب وہ نیل کی بات سن رہا تھا اور پھر گزرتے لمحوں کے ساتھ اس کے چہرے کا رنگ پھیکا پڑتا جا رہا تھا۔ بات مکمل ہوئی تو البرٹ دھیمی آواز میں بولا:

"مارشل کو چھوڑ دو، وہ بے قصور ہ۔ ہمیں پہلے کشتیوں کا جائزہ لے لینا چاہیے تھا۔ وہاں پر یقیناً ایک کشتی کم ہو گی"

"تم کیا کہہ رہے ہو ہم سمجھ نہیں پائے" سب لوگ چیخ اٹھے تھے۔

"نیل مل گیا ہے۔ لیکن وہ مصیبت میں ہے اور ہمارے لیے بھی یہ لمحات یقیناً آزمائش لے کر آئے ہیں" البرٹ نے نیل کو پیش آنے والے حادثے کی کہانی اپنے تمام ساتھیوں کو سنا دی۔ آبشار کی بابت سن کر مارشل چونک پڑا۔

"وہ وہ تو خونی آبشار ہے۔"

"یہاں سے دو کلومیٹر آگے دریا کا پانی آبشار کا روپ لے لیتا ہے۔ پانی دو سو فٹ نیچے نشیب میں گرتا ہے اور پانی کے ساتھ گرنے والی ہر چیز نوکیلے پتھروں سے ٹکرا کر فنا ہو جاتی ہے"

"مارشل درست کہہ رہا ہے، نیل ایک چٹان پر بیٹھا مدد کا منتظر ہے۔ اس کی بوٹ ٹوٹ چکی ہے، مصیبت یہ ہے کہ ہم اس کی مدد کریں تو کیسے کریں۔ ہم موٹر بوٹ لے کر جائیں گے تو وہ بھی ٹوٹ جائے گی" البرٹ سوچ میں گم ہو گیا۔ وہ کوئی کام دکھانے سے پہلے ہی ہمت ہار بیٹھا تھا۔ سب لوگ خاموش تھے۔

"ہمیں واپس لوٹ جانا چاہیے" ایسے میں فلم کے ہیرو کی آواز ان سب کے کانوں

سے ٹکرائی۔ سب لوگ سرگوشیاں کرنے لگے۔ اکثریت یہی چاہتی تھی۔ لیکن البرٹ کو نیل سے لگاؤ تھا۔ وہ ابھی تک کوئی تدبیر سوچ رہا تھا۔ نیل کی مدد کے لیے ہیلی کاپٹر منگوایا جا سکتا تھا لیکن اس کام میں الجھنیں بہت تھیں۔ ایک تو وہ اپنے ملک میں نہیں تھے اور دوسرے یہاں کی حکومت کو مسئلے سے آگاہ کرنے اور انہیں قائل کرنے کا وقت ان کے پاس نہیں تھا اور نیل بھی کب تک مدد کا انتظار کر سکتا تھا۔ کسی بھی وقت ہمت ہار کر وہ پانی کی سرد لہروں کا شکار ہو سکتا تھا۔ دور دور تک امید کی کرن نظر نہیں آرہی تھی۔ ایسے میں اس کے کانوں سے مارشل کی آواز ٹکرائی: "نیل کو واپس ہم لائیں گے "

"کک کیسے " سب ایک ساتھ بولے۔ لیکن ان کی بات کا جواب دیے بغیر مارشل آگے بڑھ گیا۔ اس کا رخ دریا کے کنارے کی طرف تھا جہاں کشتیاں درختوں کے ساتھ بندھی ہوئی تھیں۔ ان میں موٹر بوٹ اور ہاتھ سے کھینچنے والی کشتیاں شامل تھیں۔ تمام لوگوں کی حیرتیں اس وقت عروج پر پہنچ گئیں جب مارشل نے ہاتھ سے کھینچنے والی کشتی دریامیں اتار دی۔

"کیا تم پاگل ہو گئے ہو؟" البرٹ نے آواز لگائی۔ مارشل کے سیاہ فام ساتھی بھی الجھن محسوس کر رہے تھے۔ لیکن انہوں نے مارشل کو اپنا لیڈر بنا رکھا تھا۔ اس لیے کسی نے کوئی سوال نہیں کیا۔ مارشل اب اپنے ساتھیوں سے مخاطب تھا:

"آؤ دوستو یہ آزمائش کا وقت ہے اور ہمیں ظلم کرنے والوں کو بتانا ہے کہ ہم مسلمان خود غرض نہیں ہوتے۔ چلے آؤ!" اس کی بات میں جانے کیسا اثر تھا، اس کے تمام ساتھی دوڑ کر کشتی میں بیٹھے اور انہوں نے چپو سنبھال لیے۔

"تم لوگ موت کو دعوت دے رہے ہو۔ وہاں پانی کی طاقت کے سامنے نیل کی موٹر بوٹ کا طاقت ور انجن بھی ہمت ہار بیٹھا ہو گا، پھر بھلا تم لوگ کیا کر پاؤ گے " البرٹ

چیخا۔

"تم لوگ وہ بات نہیں جانتے جو میں جانتا ہوں !" اتنا کہہ کر مارشل نے بات ادھوری چھوڑ دی۔ البرٹ مارشل کی بات کا مطلب سمجھنے میں ناکام رہا اور کشتی دریا کی لہروں کے ساتھ ساتھ آگے بڑھنے لگی۔ تمام لوگ حیرت بھری نظروں سے یہ منظر دیکھ رہے تھے۔ وہ یہ بات سمجھنے سے قاصر تھے کہ مارشل کس بنیاد پر یہ جنگ لڑنے نکلا ہے کہ جس کا نتیجہ موت کے سوا کوئی دوسرا ہو نہیں سکتا۔

دوسری طرف مارشل کے ساتھیوں کی گرفت چپوؤں پر مضبوط ہو چکی تھی۔ ہر گزرتے لمحے کے ساتھ دریا کی لہریں بپھرتی چلی جارہی تھیں۔ موجوں کا شور لمحہ بہ لمحہ بڑھ رہا تھا۔ دور انہیں پانی میں ابھری ایک چٹان نظر رہی تھی جس پر نیل سمٹ کر بیٹھا تھا۔ ایسے میں مارشل تیز آواز میں بولا:

"چٹان کے پاس پہنچتے ہی نیل کو کشتی میں کھینچ لیا جائے گا اس کے بعد ہمیں چپوؤں کی مدد سے کشتی کو مخالف سمت میں دھکیلنا ہوگا۔ اللہ کو یاد رکھنا کامیابی ہمارے ہاتھوں میں ہے۔"

کشتی لہروں کے ساتھ طوفانی رفتار سے چٹان کی طرف بڑھ رہی تھی۔ مارشل کی آنکھیں سکڑ گئیں۔ ہر گزرنے والا لمحہ قیامت خیز تھا۔ یہ جذبات کی شدت تھی کہ ان سب کے جسم کپکپا رہے تھے۔ ذرا سی غلطی ان سب کے لیے جان لیوا ہو سکتی تھی اور پھر دیکھتے ہی دیکھتے کشتی چٹان کے پاس پہنچ گئی۔ نیل کی آنکھوں میں ایک لمحے کے لیے حیرت نظر آئی تھی لیکن یہ لمحات اس سے حرکت کا تقاضا کر رہے تھے۔ ایک ایسی زور دار حرکت جو اسے کشتی تک لے آتی۔ نیل نے بھی حالات کی نزاکت کو سمجھ لیا۔ اس نے اپنے خوف پر قابو پاتے ہوئے ایک زور دار چھلانگ لگائی۔ دوسرے ہی لمحے وہ کشتی میں

موجود تھا۔ کشتی ڈگمگائی لیکن سنبھل گئی۔ اس کے ساتھ ہی مارشل نے آواز حق بلند کی:"اللہ اکبر"

اس نعرے نے اس کے ساتھیوں میں ایک نیا ولولہ پیدا کر دیا۔ ان کے بازو حرکت میں آگئے۔ آبشار کی طرف تیزی سے بڑھتی ہوئی کشتی ٹھہر گئی۔ ان کے لیے یہ لمحات کسی امتحان سے کم نہیں تھے۔ ان کے جسموں کی ساری قوت بازوؤں میں سما گئی تھی۔ چپو طوفانی رفتار سے حرکت کر رہے تھے اور پھر کشتی بہاؤ کے مخالف سمت میں آگے بڑھنے لگی۔ نیل بھیگی بلی کی مانند کشتی میں سہا بیٹھا تھا۔ وہ ایڈونچر فلمیں بناتا تھا لیکن آج وہ ایک حقیقی ایڈونچر کا شکار ہو گیا تھا۔ ایک ایسے ایڈونچر کا کہ جس کے ہیرو وہ لوگ تھے جنہیں وہ پسند نہیں کرتا تھا۔ سیاہ رنگت کے باعث جن سے وہ نفرت کرتا تھا۔ اپنا ملازم بنا کر جن سے وہ جانوروں کی مانند کام لیتا تھا اور اب وہی لوگ اس کی زندگی بچانے کے لیے جدوجہد کر رہے تھے اور یہ جدوجہد مثالی تھی۔ چپوؤں کی رگڑ سے مارشل اور اس کے ساتھیوں کے ہاتھ زخمی ہو گئے۔ خون کے قطرے نیچے گر رہے تھے اور اس کے باوجود ان کی حرکت میں سستی نہیں آئی اور نیل کا سر شرمندگی کے احساس سے جھکا جا رہا تھا۔

"شاباش! ہمت مت ہارنا ہم کامیاب ہو چکے ہیں!" مارشل ہانپتا ہوا اپنے ساتھیوں کا حوصلہ بڑھا رہا تھا۔ پانی کا دباؤ اب کم ہو چکا تھا اور کشتی طوفانی لہروں میں سے نکل آئی تھی۔ ہر گزرتے لمحے کے ساتھ اس کی رفتار میں اضافہ ہوتا چلا جا رہا تھا۔ آخر کشتی کنارے سے جا لگی۔ تمام لوگ شور مچاتے ہوئے ان کی طرف لپکے۔ کسی جشن کا سا منظر تھا۔ مارشل اور اس کے ساتھیوں کو کندھوں پر اٹھا لیا گیا۔ رنگ اور نسل کا امتیاز مٹ گیا۔ البرٹ ان کے ہاتھ دیکھ کر کانپ اٹھا۔ پھر اس نے اٹکتے ہوئے پوچھا: "یہ یہ کیسے ممکن ہوا!" مارشل مسکرایا اور پر عزم لہجے میں بولا۔

"آپ لوگ مشینوں پر بھروسا کرتے ہیں۔ مشین کا انجن طاقت ور ہو سکتا ہے لیکن اس کی طاقت کی ایک حد ہوتی ہے جبکہ انسانی طاقت کی کوئی حد نہیں۔ مصیبت میں انسان جدوجہد کرتا ہے اور یہ جدوجہد ہر حد سے آزاد ہوتی ہے انسان جب نیک کام کے لیے قدم آگے بڑھاتا ہے تو اللہ پاک غیب سے اس کی مدد فرماتا ہے" نیل دور کھڑا ان کی باتیں سن رہا تھا۔ پھر وہ سوچنے لگا کہ وہ لوگ کتنے عظیم ہوتے ہیں جو اپنے ساتھ ظلم کرنے والوں پر بھی مہربان رہتے ہیں۔ ایسے لوگ ہی تو ہیرو ہوتے ہیں، اصلی ہیرو۔

(۴) پیچا، تیچا اور فون کال

مقصود عنید

فون کی گھنٹی بجی۔ "ہیلو احمد" احمد نے جیسے ہی رسیور کان سے لگایا اسے اپنے والد، انسپکٹر تنویر کی آواز سنائی دی۔

"السلام علیکم جی میں احمد ہی بول رہا ہوں۔" اس نے جواب دیا۔

"سنو فوراً ساتویں شاہراہ کے چوراہے پر پہنچو۔" اس کے والد گھبرائے ہوئے لہجے میں جلدی سے بولے۔ "میرے پاس ایک اہم فائل ہے جسے حاصل کرنے کے لیے کچھ لوگ میرا پیچھا کر رہے ہیں۔ ان سے نمٹنے سے پہلے میں اسے کسی محفوظ جگہ پہنچانا چاہتا ہوں۔ تم یہ فائل مجھ سے آ کر لے لو۔"

"جی اچھا!" اس نے اتنا کہا تھا کہ فون کٹ گیا۔

احمد کی آنکھوں میں الجھن دوڑ گئی۔ وہ کچھ بے چینی محسوس کر رہا تھا۔ چند لمحے فون کے قریب کھڑا کچھ سوچتا رہا، پھر آہستہ سے اثبات میں سر ہلاتے ہوئے رسیور کان سے لگایا اور ایک نمبر ملانے لگا۔

احمد کے والد سی آئی ڈی یعنی خفیہ پولیس میں انسپکٹر تھے۔ سراغ رسانی کے جراثیم احمد کو وراثت میں ملے تھے۔ یہی وجہ تھی کہ وہ انسپکٹر تنویر کے ساتھ اکثر کیسوں کے سلسلے میں چھوٹے موٹے کام کرتا تھا، جو کیس حل کرنے میں خاصے مددگار ثابت ہوتے۔

ساتویں شاہراہ ان کے گھر کے قریب ہی تھی۔ وہاں پہنچنے میں اسے پانچ منٹ لگے۔ چوراہے پر پہنچ کر اس نے ادھر ادھر دیکھا، لیکن اسے اپنے والد کہیں نظر نہ آئے۔

اچانک کسی کار کے ٹائر چرچرائے۔ احمد نے مڑ کر دیکھا۔ کچھ فاصلے پر نیلے رنگ کی ایک پرانی کار آ کر رکی۔ ایک ادھیڑ عمر شخص کار میں سے نکل کر اس کی طرف بڑھا۔ اس کے چہرے پر پریشانی کے آثار نمایاں تھے۔

"تمہارا نام احمد ہے؟" اس نے قریب آ کر پوچھا۔

"جی ہاں" احمد نے مختصر سا جواب دیا۔ "فرمایئے؟"

"مجھے تمہارے والد نے بھیجا ہے وہ اسپتال میں ہیں۔ کچھ دیر پہلے ان پر کسی نے فائر کیا تھا، جس سے وہ زخمی ہو گئے۔ میں انہیں اسپتال چھوڑ آیا ہوں۔ انہوں نے مجھے تمہیں لانے کے لیے بھیجا ہے۔ انہوں نے کہا تھا کہ مجھے یہاں ایک لڑکا ملے گا، جس کا نام احمد ہے۔ وہ میرا بیٹا ہے، اسے لے آؤ۔"

احمد اس شخص کی بات سن کر پریشان ہو گیا۔

"چلیے" یہ کہہ کر وہ آدمی کے ساتھ گاڑی کی پچھلی سیٹ پر بیٹھ گیا۔ ابھی انہوں نے کچھ ہی فاصلہ طے کیا تھا کہ گاڑی اچانک رک گئی۔

"کیا ہوا؟" احمد کے الفاظ حلق میں دب کر رہ گئے۔ وہ آدمی پھرتی سے پچھلی سیٹ کی طرف مڑا۔ اس نے ہاتھ میں پکڑا رومال احمد کے سنبھلنے سے پہلے ہی اس کی ناک پر رکھ دیا اور وہ ہوش و حواس کی دنیا سے بے گانہ ہوتا چلا گیا۔

اس نے آہستہ سے آنکھیں کھولیں۔ کچھ فاصلے پر دو آدمی کرسیوں پر بیٹھے کھا پی رہے تھے۔ ان میں ایک وہی ادھیڑ عمر شخص تھا جس نے اسے اغوا کیا تھا۔ دوسرے کا چہرہ

مخالف سمت میں تھا۔ احمد نے اٹھنا چاہا، لیکن ایسا نہ کر سکا کیونکہ وہ بندھا ہوا تھا۔ اسی وقت ادھیڑ عمر شخص کی نظر اس پر پڑی۔

"بکرا ہوش میں آگیا ہے۔" دوسرے شخص نے مڑ کر جو نہی احمد کی طرف دیکھا، خوف سے اس کے دل کی دھڑکن تیز ہو گئی۔

وہ تیجا تھا۔ تین سال قبل اس کے والد نے اسے اور اس کے ساتھی فیروز کو قتل اور سمگلنگ کے جرم میں گرفتار کیا تھا، اور تقریباً ایک ماہ پہلے وہ جیل سے فرار ہو گیا تھا۔

"کون ہو تم اور کیا چاہتے ہو؟" احمد نے خوفزدہ ہونے کی اداکاری کی۔

"تمہارے باپ کا دشمن ہوں۔ اس سے انتقام لینا چاہتا ہوں؟" تیجا کھڑے ہوتے ہوئے غرایا۔

"کیا مطلب؟"

"مطلب یہ کہ میں تیجا ہوں تیجا!" وہ پھنکارا۔ "تمہارے باپ نے مجھے اور فیروز کو گرفتار کرکے ہمارا کاروبار تباہ کر دیا۔ ہمیں عمر قید کی سزا ہو گئی۔"

"لیکن مجھے کیوں اغوا کیا گیا ہے؟" احمد نے رو دینے والے انداز میں کہا۔

"ہا۔۔۔ہا۔۔۔ہا۔۔۔ہا۔۔۔" اس نے فلمی ولن کے انداز میں قہقہہ لگایا۔ "تمہیں اس لیے اغوا کیا ہے کہ تمہارے بدلے اپنے ساتھی فیروز کو آزاد کروا سکوں اور تمہارے باپ سے ایک خفیہ فائل حاصل کر سکوں۔ اس طرح تمہارے باپ سے انتقام بھی لوں گا اور پانچ لاکھ روپے بھی حاصل کر لوں گا۔"

"خفیہ فائل؟ لیکن میرے بدلے تو تم اپنے ساتھی کو آزاد کراؤ گے، پھر فائل کس لیے حاصل کرو گے؟ ویسے بھی کوئی خفیہ فائل تمہارے کس کام کی؟ اور کیا پانچ لاکھ بھی تم میرے والد صاحب ہی سے وصول کرو گے؟" احمد نے پوچھا۔

"ارے بے وقوف فیروز کو تو رہا کراؤں گا ہی، لیکن فائل تو ان کے لیے حاصل کروں گا جنہوں نے مجھے جیل سے فرار کرایا تھا۔ مسٹر پیچا انہی کے نمائندے ہیں۔" اس نے احمد کو لانے والے شخص کی طرف اشارہ کیا، جو اس دوران میں خاموش کھڑا تھا۔ اس کے بدلے یہ مجھے پانچ لاکھ دیں گے۔ تمہارا چند سو روپوں کا ملازم باپ بھلا مجھے کیا دے سکتا ہے؟" یہ کہتے ہوئے اس کے لہجے میں طنز تھا۔

"ارے جاجا" احمد کو اس پر غصہ گیا۔

"میرے والد حلال کے چند سو روپوں سے تم جیسے دو ٹکے کے مجرم خرید سکتے ہیں۔"

"کیا کہا؟ میں دو ٹکے کا ہوں!" یہ کہتے ہوئے تیجا نے اس کے منہ پر ایک زور دار تھپڑ جڑ دیا۔

"ہاں دو ٹکے کا جو شخص کچھ روپوں کی خاطر ملک و قوم کے دشمن کے ہاتھوں بک جائے، وہ دو ٹکے کا ہی ہوتا ہے۔" احمد نے چلا کر کہا۔

"تُو انسپکٹر کا چھوکرا۔۔۔ چھوٹا سا کیڑا۔۔۔" تیجا نے اسے بالوں سے پکڑ کر کھینچا اور اس کے چہرے پر تھپڑوں کی بارش کر دی۔ احمد کے حلق سے بے اختیار چیخیں نکل گئیں۔

اسی لمحے کمرے کا دروازہ کھلا اور ایک آواز بلند ہوئی۔ "ارے۔۔۔ ارے، کیوں معصوم بچے پر ظلم کر رہے ہو؟"

تیجا اور پیچا اچھل کر تیزی سے دروازے کی طرف مڑے۔ دوسرے ہی لمحے وہ سانس لینا بھول گئے۔

"تم۔۔۔ تم یہاں کیسے؟" تیجا کی بوکھلاہٹ قابل دید تھی۔

اس کے پیچھے احمد کی ہنسی کانوں میں زہر گھول رہی تھی۔ سامنے انسپکٹر تنویر ہاتھ میں اپنا ریوالور لیے کھڑے تھے۔

"ہاں میں۔۔۔۔اور یہاں۔" انسپکٹر تنویر چبھتے لہجے میں بولے: "پہلے تم بتاؤ تم میں سے کس نے میری آواز میں احمد کو فون کیا تھا؟"

"کیا؟" وہ دونوں چونک اٹھے۔ "تمہیں کیسے معلوم ہوا کہ کسی نے تمہارے بیٹے کو تمہاری آواز میں فون کیا تھا؟ اور تم یہاں کیسے پہنچ گئے؟"

"پہلے تم بتاؤ، فون کس نے کیا تھا؟" انسپکٹر تنویر سخت لہجے میں بولے۔

"میں نے کیا تھا۔" پیجا آگے بڑھتے ہوئے بولا۔

"ہوں" تنویر صاحب نے صرف اتنا کہا۔

"لیکن ابو آپ نے اتنی دیر کیوں لگا دی؟" احمد بول پڑا: "تیجا نے مجھے بہت تھپڑ مارے ہیں۔ یہ دیکھیے۔"

"بیٹے جو کارنامہ تم نے انجام دیا ہے، اس کے مقابلے میں تمہیں پہنچنے والی تکلیف کچھ بھی نہیں۔ میں تمہارے ساتھ ہی یہاں پہنچ گیا تھا، لیکن چند بڑوں کو لانے کے لیے واپس جانا پڑا۔"

اس وقت تنویر صاحب کے ہاتھ میں پکڑے ہوئے ریوالور نے شعلہ اگلا اور پیجا نے چیختے ہوئے اپنا دایاں ہاتھ پکڑ لیا۔ وہ اسی ہاتھ سے اپنی جیب سے ریوالور نکالنا چاہتا تھا۔ شاید اس نے تنویر صاحب کو احمد سے گفتگو کرتے ہوئے اپنی طرف سے غافل سمجھا تھا۔

"اور تم!" تنویر صاحب تیجا سے مخاطب ہوئے۔ "احمد کو اب کھول دو۔"

تیجا شرمندہ ہو کر مڑا اور احمد کی رسیاں کھولنے لگا۔

تنویر صاحب نے آگے بڑھ کر پیجا کی جیب سے اس کا ریوالور نکال لیا۔ وہ اپنا زخمی

ہاتھ پکڑے بلند آواز میں کراہ رہا تھا۔

چند لمحوں بعد احمد بھی رسیوں سے آزاد ہو گیا تھا۔

"اندر آجایئے، سر" تنویر صاحب نے مڑ کر کہا۔

بس یہی لمحہ قیامت بن گیا۔ ان کا مڑنا تھا کہ تیجا نے میز کو زور دار ٹھوکر دے ماری۔ میز انسپکٹر تنویر کو لگا۔ وہ زمین پر گر پڑے اور ریوالور ان کے ہاتھ سے چھوٹ کر دور جا گرا۔

تیجا تیزی سے ریوالور کی طرف بڑھا، لیکن احمد نے عین موقع پر ٹانگ آگے کر کے اسے گرا دیا۔ تیجا کا منہ پاس پڑی کرسی سے ٹکرایا اور اس کی ناک سے خون کا فوارہ پھوٹ پڑا۔ یہ سب کچھ پلک جھپکتے میں ہوا تھا۔

اسی لمحے آئی جی صاحب اور دوسرے افسر کمرے میں داخل ہوئے۔ تنویر صاحب بھی سنبھل چکے تھے اور ریوالور اب دوبارہ ان کے ہاتھ میں تھا۔

تیجا اور پیجا سمیت سب لوگ ہال میں موجود تھے۔ یہ خفیہ پولیس کا ہال تھا۔

"یہ سب کچھ کیسے ہوا، اس کی تفصیل احمد آپ کو بتائے گا۔" تنویر صاحب نے احمد کی طرف دیکھتے ہوئے کہا۔

احمد اپنی جگہ پر کھڑا ہو گیا اور بولا: "یہ سب کچھ کیسے ہوا، یہ بتانے سے پہلے میں آپ کو ایک واقعہ سناتا ہوں۔ ایک دن ابو ڈیوٹی کے بعد جیسے ہی گھر میں داخل ہوئے، میں نے بغیر سلام کیے ان سے آئس کریم کی فرمائش کر دی۔ تب ابو نے مجھے سلام کیا اور یہ حدیث سنائی کہ جو کوئی سلام سے پہلے بات کرنے لگے، اس کا جواب نہ دو۔ یہ ابو کی عادت تھی کہ وہ سلام پہلے کرتے، کوئی اور بات بعد میں۔ اس دن سے میں نے بھی ہمیشہ سلام کرنے

کے بعد بات کی۔ جب پیچا نے فون پر ابو کی آواز میں بات کی تو نہ سلام کیا اور نہ میرے سلام کا جواب دیا۔ میں اس بات سے کھٹک گیا۔ پھر سوچا، شاید پریشانی میں ابو کو اس بات کا خیال نہ رہا ہو۔ لیکن میرا دل مطمئن نہ ہوا۔ میں نے سوچا کہ ابو کے دفتر فون کر کے پتا کر لینا چاہیے۔ فون کیا تو دوسری طرف سے انہوں نے ہی ریسیور اٹھایا۔ میں نے انہیں نقلی کال کے متعلق بتایا۔ انہوں نے مجھے فون پر کی گئی ہدایات پر عمل کرنے کو کہا اور اس طرح میں جان بوجھ کر اغوا ہو گیا۔" احمد اس کے بعد پیش آنے والے واقعات بیان کرتا چلا گیا۔

احمد کے خاموش ہونے پر تنویر صاحب نے کہا: "احمد کے فون کے بعد میں اس سے پہلے ساتویں شاہراہ کے چورا ہے پر پہنچا اور پیچا کی گاڑی کا تعاقب کرتے ہوئے ان کے ٹھکانے پر پہنچ گیا۔ اس کے بعد کے واقعات تو آپ کو معلوم ہی ہیں۔"

پیچا اور تیجا آنکھیں پھاڑے احمد کو دیکھ رہے تھے۔

(۵) تیسرا وار

اشتیاق احمد

"نثار جاوید کی موت کا منصوبہ تیار ہے، سر۔"
"بہت خوب! لیکن منصوبہ ایسا ہو کہ وار خالی نہ جائے۔"
"آپ بے فکر رہیں سر۔۔۔۔۔ میں جانتا ہوں آپ اس کی موت کے کس قدر خواہش مند ہیں۔۔۔۔۔"
"تفصیلات بتاؤ۔۔۔۔۔"
"میں منصوبے کا نصف پہلے لیا کرتا ہوں۔۔۔۔۔"
"اوہ ہاں! یہ تو میں بھول ہی گیا۔۔۔۔۔ یہ رہے تمہارے بیس ہزار ایڈوانس۔۔۔۔۔ بیس ہزار منصوبے کی کامیابی کے بعد۔"
"شکریہ! اب سنیے۔۔۔۔۔ نثار جاوید کے ملازم رمضان کو ایک چھوٹا سا حادثہ پیش آئے گا۔۔۔۔۔ وہ اس کے گھر ڈیوٹی پر نہیں جا سکے گا۔۔۔۔۔ اس کی جگہ ہمارا آدمی جائے گا۔۔۔۔۔ اس کے پاس رمضان کے ہاتھ کا لکھا ہوا رقعہ ہو گا۔۔۔۔۔ اس میں لکھا ہو گا۔۔۔۔۔ میں اپنی جگہ اپنے بھائی کو بھیج رہا ہوں۔۔۔۔۔ جب تک میں ٹھیک نہیں ہو جاتا، یہ آپ کے گھر کے تمام کام کرے گا۔"
"کیا رمضان کا واقعی کوئی بھائی ہے؟"
"ہاں جی بالکل۔۔۔۔۔ وہ آپ سے صرف تیس ہزار روپے لے گا۔"

"کس کام کے؟" حیران ہو کر پوچھا گیا۔

"منصوبے پر عمل کرنے کے سلسلے میں سر۔۔۔۔۔ سوتے وقت نثار جاوید دودھ پینے کا عادی ہے۔۔۔۔۔ دودھ میں بے ذائقہ زہر رمضان کا بھائی ملائے گا۔"

"بھلا وہ یہ کام کیوں کرنے لگا؟"

"اس کا نام عرفان ہے۔۔۔۔۔ وہ ملک سے باہر جانے کے خواب دیکھتا رہتا ہے۔۔۔۔ اس نے کاغذات تو تیار کرا رکھے ہیں۔۔۔۔ لیکن کرائے کا انتظام نہیں کر پاتا۔۔۔۔ اس طرح وہ ملک سے باہر چلا جائے گا۔۔۔۔ آپ تیس ہزار روپے دے دیں۔"

"دماغ تو نہیں چل گیا۔۔۔۔ وہ تیس ہزار لے کر رفو چکر ہو جائے گا۔۔۔۔۔ اور ہم ہاتھ ملتے رہ جائیں گے۔"

"میں کچے کام نہیں کرتا۔۔۔۔ اس کا ٹکٹ میں خریدوں گا۔۔۔۔۔ باقی پیسے بھی میں اپنے پاس رکھوں گا۔۔۔۔۔ جس روز کی اس کی جہاز کی سیٹ بک ہو گی، اسی روز ہی وہ یہ کام کرے گا، مطلب یہ کہ ادھر نثار جاوید کی روح پرواز کرے گی، ادھر اس کا جہاز پرواز کرے گا اور کسی کو کانوں کان پتا نہیں چلے گا۔۔۔۔۔"

"بہت خوب! اب بات سمجھ میں آئی۔۔۔۔۔ یہ رہے تیس ہزار۔"

"کس قدر سستا سودا کیا ہے آپ نے۔۔۔۔۔ صرف ستر ہزار میں ایک انسان کی زندگی کا سودا۔۔۔۔ اور آپ کو اس سودے سے کیا ملے گا۔۔۔۔ یہ آپ نے بتایا تک نہیں۔"

"تمہیں آم کھانے سے غرض ہے یا پیڑ گننے سے!"

"آپ نہیں بتانا چاہتے۔۔۔۔۔ نہ بتائیں۔۔۔۔۔ لیکن مجھے معلوم ہو جائے گا۔"

"اگر تمہیں کسی طرح معلوم ہو جائے تو پھر بھی تم زبان بند رکھو گے۔۔۔۔۔ خیال رہے۔۔۔۔۔ یہ سودا اس بنیاد پر طے پایا ہے۔"

"ٹھیک ہے آپ اطمینان رکھیں۔"

کمرے میں بے پناہ شور سن کر نثار جاوید کے آگے بڑھتے قدم رک گئے۔۔۔۔۔ وہ اندر داخل ہوئے تو دنگ سے رہ گئے۔۔۔۔۔ ان کے بچوں نے پالتو بلی کو پکڑا ہوا تھا۔۔۔۔۔ سب اس کو نہلا رہے تھے۔۔۔۔۔ صابن خوب رگڑا جا رہا تھا۔

"ارے بھئی! یہ کیا ہو رہا ہے؟"

"آہا ابو آپ آ گئے! السلام علیکم، ہم مانو کو نہلا رہے ہیں۔۔۔۔۔ کئی ماہ سے یہ خود نہیں نہائی۔۔۔۔۔ ہم روز ان سے کہتے تھے۔۔۔۔۔ بی مانو۔۔۔۔۔ جا کر غسل خانے میں نہالیں۔۔۔۔۔ لیکن یہ ٹس سے مس نہیں ہوتی تھیں۔۔۔۔۔ سو ہم نے سوچا کیوں نہ آج خود انہیں نہلا دیں۔"

"حد ہو گئی۔۔۔۔۔ آپ لوگ بھی کمال کرتے ہیں۔۔۔۔۔ بلیلاں بھی کہیں خود نہاتی ہیں۔۔۔۔۔"

"اسی لیے تو ہم نہلا رہے ہیں ڈیڈی۔"

"اور اگر انہیں نزلہ ہو گیا۔۔۔۔۔ پانی ٹھنڈا تو نہیں ہے؟"

"جی نہیں۔۔۔۔۔ گیزر سے بھر کر لائے ہیں۔"

"تو وہیں غسل خانے میں کیوں نہ نہلا دیا؟"

"امی جان بھلا اتنا صابن لگانے کی اجازت دے سکتی تھیں؟"

انہیں ہنسی آ گئی۔۔۔۔۔ پھر بولے:

"اچھا نہلا کر تو لیے سے خشک ضرور کر دیں۔۔۔۔۔ اور وہ تولیہ اب بی مانو ہی کا ہو جائے گا۔۔۔۔۔ جانوروں کی کھالوں میں جراثیم ہو سکتے ہیں۔"

"شکریہ ڈیڈی۔۔۔۔۔ آپ کتنے اچھے ہیں۔" ان کی بیٹی نے کہا۔

وہ مسکراتے ہوئے آگے بڑھ گئے۔۔۔۔۔ بیگم صاحبہ کمرے میں تھیں۔۔۔۔۔ وہ انہیں دیکھتے ہی بولے:

"معلوم بھی ہے۔۔۔۔۔ بچے اپنے کمرے میں کیا کر رہے ہیں؟"

"کیا کر رہے ہیں؟" امی چلائیں۔

"بلی کو نہلایا جا رہا ہے۔"

"ارے باپ رے۔۔۔۔۔ وہ تو کر دیں گے صابن کا بیڑا غرق۔۔۔۔۔ اور آپ نے انہیں روکا نہیں۔" یہ کہہ کر وہ لپکیں دروازے کی طرف۔

"کوئی فائدہ نہیں۔۔۔۔۔! اب تک تو وہ نہلا چکے ہیں نا۔۔۔۔۔ نیا ملازم کیسا جا رہا ہے۔"

"بہت اچھا۔۔۔۔۔ اپنے کام میں بہت ماہر ہے۔۔۔۔۔ میں ذرا انہیں دو چار سنا تو آؤں۔۔۔۔۔ ورنہ وہ کل پھر مانو کو نہلانا شروع کر دیں گے۔" یہ کہہ کر وہ کمرے سے نکل گئیں اور وہ مسکراتے ہوئے بستر کی طرف بڑھ گئے۔

سونے سے پہلے انہوں نے معمول کے مطابق دودھ کا گلاس اٹھایا۔۔۔۔۔ دودھ کا گلاس ابھی ابھی نیا ملازم ان کی میز پر رکھ کر گیا تھا۔۔۔۔۔ گلاس منہ کی طرف لے جانے لگے تھے کہ آواز سنائی دی:

"میاؤں۔"

انہوں نے چونک کر بلی کی طرف دیکھا، وہ مسکرا دیے:

"ہاں! میں تو بھول ہی گیا تھا۔۔۔۔۔ تم اور اپنا حصہ نہیں لو گی بھلا!"

یہ کہہ کر انہوں نے بلی والی پیالی الماری کے نچلے حصے میں سے اٹھائی اور کچھ دودھ اس میں انڈیل دیا۔۔۔۔۔ بلی لپک کر آئی اور دودھ پینے لگی۔۔۔۔۔ ایک بار پھر ان کا ہاتھ منہ کی طرف گیا یہ ان کا اور بلی کا روز کا معمول تھا۔۔۔۔۔ ادھر وہ دودھ پینے لگتے۔۔۔۔۔ ادھر بلی آدھمکتی۔۔۔۔۔ اچانک ان کا منہ کی طرف جاتا ہاتھ رک گیا۔۔۔۔۔ بلی کے منہ سے ایک بہت کریہہ چیخ نکلی تھی۔۔۔۔۔ پھر وہ فوراً ہی فرش پر لڑھک گئی۔۔۔۔۔ ان کے دیکھتے ہی دیکھتے بلی نے دم توڑ دیا۔۔۔۔۔ وہ کانپ گئے۔ دودھ کا گلاس الماری میں رکھ کر اس کو تالا لگا دیا اور پھر فون کرنے لگے۔ جلد ہی پولیس انسپکٹر ارشد کمال وہاں پہنچ گئے، ان کے ساتھ دو ماتحت بھی تھے، اس وقت تک ان کے گھر کے افراد کو بھی یہ بات معلوم ہو چکی تھی۔۔۔۔۔ وہ خوف زدہ بھی تھے اور بلی کے لیے غم زدہ بھی۔۔۔۔۔ وہ ان کی پالتو بلی تھی اور قریباً دو سال سے ان کی ساتھی تھی۔"

"ساری بات سن کر میں اس نتیجے پر پہنچا ہوں کہ یہ کام نئے ملازم کا ہے۔۔۔۔۔ لیکن آپ کے بیان کے مطابق وہ دودھ کا گلاس رکھنے کے بعد اپنے گھر چلا گیا تھا۔۔۔۔۔ آپ کو اس کا پتا تو معلوم ہو گا؟"

انہوں نے پتا لکھوا دیا۔۔۔۔۔ پھر بولے:

"ارشد صاحب۔۔۔۔۔ یہ مجھ پر تیسرا وار ہے۔"

"کیا مطلب؟" انسپکٹر صاحب چونکے۔

"لیکن اس بات کا اندازہ مجھے آج ہی ہوا ہے۔۔۔۔۔ ایک روز میری جیب میں سے سانپ کا ایک بچہ نکلا تھا۔۔۔۔۔ آپ کو بتاتا چلوں۔۔۔۔۔ میں نے اس سانپ کے بچے کو سپیرے کو دکھایا تھا، اس نے بتایا تھا کہ یہ انتہائی زہریلا سانپ ہے۔ بچہ ہونے کے باوجود

اگر یہ کاٹ لیتا تو آپ زندہ نہ بچتے۔۔۔۔۔ سوال اس وقت یہ ابھرا کہ جیب میں سانپ کس نے رکھا تھا۔۔۔۔ ظاہر ہے اس نے رکھا تھا جس نے آج مجھے دودھ میں زہر دینے کی کوشش کی ہے۔"

"کیا وہ سانپ جیب سے نکل گیا تھا؟" انسپکٹر ارشد نے پوچھا۔

"جی نہیں۔۔۔۔۔ میں اپنی زندگی میں اپنے نبی کریم حضرت محمد صلی اللہ علیہ و سلم کے طریقوں پر لازمی طور پر، عمل کرتا ہوں۔۔۔۔۔ کپڑے پہننے کا آپ صلی اللہ علیہ و سلم کا طریقہ یہ تھا کہ کپڑوں کو تین بار جھاڑتے تھے۔۔۔۔۔ پھر پہنتے تھے۔۔۔۔۔ چنانچہ ان کے طریقے پر عمل کرتے ہوئے جب میں نے کپڑے جھاڑے تو اس وقت سانپ جیب سے نکلتا نظر آیا۔۔۔۔"

"اوہ۔۔۔۔۔ اوہ۔۔۔۔۔ اور دوسرا اور کون سا تھا؟"

"وہ میری گاڑی کے ذریعے سے کیا گیا تھا۔۔۔۔۔ اگلے ایک ٹائر کے نٹ اس حد تک ڈھیلے کر دیے گئے تھے کہ ٹائر نکل جائے اور میں حادثے کا شکار ہو جاؤں۔۔۔۔۔ اس روز میں اس طرح بچا کہ گاڑی پر سوار ہونے سے پہلے میں نے سفر کی دعا پڑھی، بسم اللہ پڑھ کر سوار ہوا۔۔۔۔۔ تو ایک راہ گیر نے بتا دیا کہ یہ نٹ تو بالکل نکلنے کو ہو رہے ہیں۔۔۔۔۔ اس طرح اللہ تعالی نے مجھے بچا لیا۔

سانپ والے واقعے کو میں اتفاقی خیال کر بیٹھا تھا کہ شاید سانپ کا بچہ کسی طرف سے نکل آیا اور لباس میں سے رینگتا جیب میں چلا گیا۔۔۔۔۔ ٹائر والی بات اس لیے بھلا دی کہ ایسا پنکچر لگانے والے کی بھول سے ہوا ہو گا۔۔۔۔۔ اس روز ٹائر پنکچر ہوا تھا۔۔۔۔۔ لیکن اب جب کہ یہ تیسرا واقعہ پیش آیا ہے تو اس میں بھی نبی اکرم صلی اللہ علیہ و سلم کے طریقے پر عمل کرنے کی وجہ سے بچا ہوں۔۔۔۔۔ آپ جانوروں پر بھی رحم کیا کرتے

تھے۔۔۔۔۔" یہاں تک کہہ کر وہ خاموش ہو گئے۔

"آپ فکر نہ کریں۔۔۔۔۔ میں ابھی جا کر آپ کے ملازم کے بھائی کو پکڑتا ہوں۔"

"لل۔۔۔۔۔ لیکن آپ اسے ماریے پیٹیے گا نہیں۔"

"آپ بھی کمال کرتے ہیں۔۔۔۔۔ آپ کی اس نے جان لینے کی کوشش کی اور آپ کو اس پر بھی رحم آ رہا ہے۔۔۔۔۔ ارے تم۔۔۔۔۔؟ مگر۔۔۔۔۔ اسے ایسا کرنے کی ضرورت کیا تھی۔"

"اسی بات نے تو مجھے حیرت میں ڈال رکھا ہے۔"

"یہ ہم اس سے معلوم کر لیں گے۔۔۔۔۔ آپ فکر نہ کریں اور ہمارا انتظار کریں۔۔۔۔۔ ہم بہت جلد اسے لے کر آتے ہیں۔"

انسپکٹر ارشد کمال چلے گئے۔۔۔۔۔ دو گھنٹے بعد ان کی واپسی ہوئی۔۔۔۔۔ ان کے ساتھ ان کے ملازم کا بھائی تھا۔۔۔۔۔ اس کی آنکھوں میں خوف تھا۔

"چند منٹ کی دیر ہو جاتی تو یہ نکل گیا تھا ہاتھ سے۔"

"جی۔۔۔۔۔! وہ کیسے؟"

"جہاز میں سوار ہو چکا تھا۔۔۔۔۔ اور جہاز پرواز کرنے ہی والا تھا کہ ہم جہاز تک پہنچ گئے اور یہ بات اس کے بھائی سے معلوم ہوئی تھی کہ وہ تو ملک سے باہر جا رہا ہے اور اب تک تو اس کا جہاز شاید چلا بھی گیا ہو گا۔۔۔۔۔ اس سے غلطی یہ ہوئی کہ اس نے اپنے بھائی کو بتا دیا۔۔۔۔۔ ورنہ ہم تو اسے تلاش کرتے رہ جاتے۔"

"لیکن اسے کیا ضرورت تھی مجھے زہر دینے کی؟"

"اسے خود تو صرف پیسوں کی ضرورت تھی۔۔۔۔۔ ملک سے باہر جانے کے لیے۔۔۔۔۔ آپ کو ہلاک کرنے کی ضرورت کسی اور کو تھی۔۔۔۔۔ اسے بھی میرے

ماتحت پکڑ کر لانے ہی والے ہیں۔۔۔۔۔"

عین اسی لمحے دروازے کی گھنٹی بجی۔۔۔۔۔ دروازہ کھولا گیا تو ایک غنڈہ صورت آدمی ہاتھوں میں ہتھکڑیاں پہنے کھڑا تھا۔

"کیوں یہی ہے وہ۔۔۔۔۔" انہوں نے ملازم سے پوچھا۔

"جی ہاں! اسی نے مجھ سے یہ کام لیا ہے۔۔۔۔۔ اس نے مجھے رقم دی تھی۔"

"بہت خوب! نثار صاحب۔۔۔۔۔ کیا آپ اسے جانتے ہیں؟"

"جی نہیں۔۔۔۔۔ پہلی بار دیکھ رہا ہوں۔"

"خیر کوئی بات نہیں۔۔۔۔۔ تھانے میں سب کچھ اگل دے گا۔"

وہ اسے لے گئے۔۔۔۔۔ اگلے دن وہ ایک اور صاحب کو گرفتار کر کے ان کے ساتھ لائے۔۔۔۔۔ اسے دیکھتے ہی نثار جاوید بہت زور سے اچھلے۔۔۔۔۔۔

"یہ۔۔۔۔۔ یہ کیا۔۔۔۔۔ یہ تو میری کپڑے کی مل میں میرا ساجھے دار ہے۔۔۔۔۔ میرا کاروباری شریک۔۔۔۔۔"

"جی ہاں! یہ چاہتا تھا۔۔۔۔۔ یہ اس مل کا اکیلا مالک بن جائے، آپ کے بچے چھوٹے ہیں اور بیگم کاروباری معاملات سے بے خبر۔۔۔۔۔ ان حالات میں اس کے لیے مل کا مالک بن جانا بہت آسان ہوتا۔"

"نن۔۔۔۔۔ نہیں۔۔۔۔۔ نہیں!"

ان کے منہ سے نکلا۔۔۔۔۔ اور مجرم کا سر جھک گیا۔

(۶) چور کون؟
شاہد اقبال

انگوٹھی کوئی عام سی ہوتی تو ہرگز حویلی میں اتنا ہنگامہ کھڑا نہ ہوتا۔ یہ ہیرے کی انگوٹھی تھی، جس کی مالیت لاکھوں میں تھی۔ یوں بھی بیگم عثمانی کی پسندیدہ چیزوں میں سے ایک تھی۔ ہر پارٹی میں یہ انگوٹھی ان کی شان و شوکت میں اضافہ کرتی تھی۔

اس روز بھی بیگم صاحبہ کسی شادی میں شرکت کے لیے تیاری میں مصروف تھیں کہ اچانک کسی ضروری کام کی غرض سے ان کو دوسرے کمرے میں جانا پڑ گیا۔ چند لمحے ہی تو انہوں نے صرف کیے تھے مگر انہی لمحوں میں چور اپنا کام کر گیا تھا۔۔۔۔ڈریسنگ ٹیبل کی دراز میں رکھی تھی وہ انگوٹھی۔ غالباً کوئی گھات میں تھا اس لیے کسی کو بھی کانوں کان خبر نہ ہو سکی۔

ارے۔۔۔۔ میں نے اپنا تعارف تو کرایا ہی نہیں۔ میں رشتے میں عثمانی صاحب کی بھانجی لگتی ہوں۔ رشتہ ذرا دور کا ہے مگر اکثر ہمارا آنا جانا ہوتا ہی رہتا ہے۔ ماموں جان کے بجائے میری دوستی ممانی جان سے زیادہ ہے۔ ان دنوں میں کالج میں داخلے کے سلسلے میں ان کے گھر آئی ہوئی تھی۔

یہ دوسرے روز کا واقعہ ہے۔ گھر میں تین ملازم تھے۔ مالی بابا، ڈرائیور شاقر اور رحمان بابا، جو باورچی کا کام کرتے تھے۔ اس کے علاوہ عثمانی انکل کے بچے گڑیا اور کمال تھے، لیکن وہ اس وقت اسکول گئے ہوئے تھے۔ اس کے علاوہ ایک فرد اور بھی تھا بڑے

میاں۔ یہ آنکھوں کی روشنی سے محروم تھے۔ بڑی سی سفید داڑھی، ہاتھ میں تسبیح، ایک کونے میں خاموشی سے اپنے رب کی یاد میں گم نظر آتے تھے۔ اتفاق سے بڑے میاں اس وقت بیگم صاحبہ کے کمرے ہی میں موجود تھے جب یہ چوری ہوئی۔ غالباً پانی پینے کے لیے اپنے کمرے سے نکلے تھے۔ ممانی جان کے ساتھ والا کمرہ انہی کے لیے مخصوص تھا۔ جگ اور گلاس ہر وقت ان کی میز پر رہتے تھے۔ اس وقت پانی موجود نہ تھا تو وہ چھڑی ٹیکتے ساتھ والے کمرے میں چلے آئے تھے۔ مگر کمرے میں تو کوئی تھا ہی نہیں۔ بس اسی دوران میں کوئی چپکے سے کمرے میں داخل ہوا، دراز کھولا اور انگوٹھی اڑا کر چلتا بنا بڑے میاں، عثمانی انکل کے چچا تھے اور کئی برسوں سے انہی کے گھر میں رہ رہے ہیں۔ ان کے اپنے بہت پہلے ایک حادثے میں انہیں اکیلا چھوڑ گئے تھے۔ اسی حادثے کے بعد رو رو کر وہ اپنی بینائی سے ہاتھ دھو بیٹھے تھے۔ پہلا شک انہی پر کیا گیا مگر جب انہوں نے ہی چور کو پکڑنے کا اعلان کیا تو سب دم بخود رہ گئے۔ ان کا کہنا تھا کہ وہ چور کو پہچان سکتے ہیں!! اس پر ہر کسی کے چہرے پر مسکراہٹ ابھری اور میں نے تو بے ساختہ قہقہہ لگا دیا۔ بھلا ایک اندھا آدمی کیوں کر کسی کو پہچان سکتا ہے! اتنی بڑی عمر کے میاں جی مذاق بھی تو نہیں کر سکتے تھے۔ ان سے طریقۂ کار کے متعلق پوچھا تو وہ بڑے اعتماد سے بولے:

"سب کے سامنے طریقہ کار بتلانے سے چور ہوشیار ہو جائے گا۔ اس لیے میں چاہتا ہوں کہ ایک بند کمرے میں باری باری ہر ایک شخص کو میرے سامنے لایا جائے، ان شا اللہ میں چور کو پہچاننے میں کامیاب ہو جاؤں گا۔"

بڑے میاں کی بزرگی کا کم از کم اتنا لحاظ تو اب گھر والوں پر فرض تھا کہ ان کی بات ٹالی نہ جائے۔ ویسے بھی ڈوبتے کو تنکے کا سہارا۔ ماموں نے سوچا کہ بڑے میاں کا "ٹوٹکا" آزمانے میں کیا حرج ہے۔ چناں چہ انہیں ایک کمرہ دے دیا گیا۔

اب ہر کسی کا دل تیزی سے دھڑک رہا تھا۔ چہروں پر الجھن اور تشویش نظر آ رہی تھی۔ وقت کی رفتار جیسے رک سی گئی تھی۔ یہ بات تو طے تھی کہ چور گھر ہی کا آدمی ہے کیوں کہ باہر کے سب دروازے بھی بند تھے۔ اس "اندھی پیشی" میں ماموں اور ممانی کو چھوٹ دے دی گئی کیوں کہ ان کو اپنی ہی انگوٹھی چوری کرنے کی بھلا کیا ضرورت تھی۔ باقی رہ گئے تھے تین نوکر اور میں۔۔۔ مجھے اس موقعہ پر اپنی بے عزتی کا احساس تو بہت ہوا مگر ممانی جان نے مجھے تسلی دی اور کہا:

"ارم بیٹی، طیش میں آنے کی کیا ضرورت ہے۔۔۔ میاں جی کی تسلی ہو جائے گی۔ تم کو تو انجوائے کرنا چاہیے اس "اندھے ایڈونچر" کو میرا تو خیال ہے کہ میاں جی سٹھیا گئے ہیں۔ بھلا یوں بھی چور پکڑے جاتے ہیں کیا؟ میں بھی عثمانی صاحب ہی کی وجہ سے خاموش ہوں۔"

یہ سن کر میں چپ ہو گئی تھی۔

بند کمرے میں پہلے شاقر داخل ہوا۔ کمرے میں بڑے میاں کے ساتھ عثمانی انکل بھی موجود تھے۔۔۔ شاقر بے چارا تو باقاعدہ کانپ رہا تھا۔ چند لمحے یونہی گزر گئے۔ انتظار کا ایک ایک پل بھی تو ایک ایک گھنٹے کے برابر ہوتا ہے نا! خدا خدا کر کے شاقر باہر آیا۔

"کک کیا ہوا؟" میں فوراً آگے بڑھی مگر کوئی جواب نہ ملا۔ عثمانی انکل نے کچھ بھی بتانے سے منع کیا تھا۔ نہ جانے بڑے میاں اندر کیا چکر چلا رہے تھے دل بے قابو تھا۔ مالی بابا کے بعد میری باری تھی اور آخر میں رحمان بابا۔ مالی بابا بھی حاضری دے آئے تو میں ڈرتے ڈرتے اندر داخل ہوئی۔ سامنے میاں جی ایک کرسی پر بیٹھے تھے۔ میں نے منٹ ببل گم ریپر سے نکالی اور دانتوں سے کچلنے لگی۔ "آؤ ارم بیٹی، قریب آؤ" انکل عثمانی نے پیار سے کہا اور میں ببل گم کے ببل (غبارے) بناتی آہستہ آہستہ میاں جی کے قریب پہنچ

گئی۔ جوں ہی میں نے ببل کا غبارہ پھاڑا میاں جی تیزی سے اچھل کھڑے ہوئے:

"یہی ہے!" وہ چلائے جوش سے ان کی رنگت سرخ ہوئی جارہی تھی۔

میاں جی واقعی ماہر جاسوس نکلے۔ وہ بے شک دیکھ نہیں سکتے تھے مگر سونگھ اور سن تو سکتے تھے۔ آنکھوں سے محروم لوگوں کی سونگھنے اور سننے کی صلاحیت ویسے بھی عام لوگوں سے زیادہ ہوتی ہے۔ میری ببل کھانے کی عادت اور کپڑوں پر لگے اسپرے کی خوشبو سے میاں جی نے مجھے پہچان لیا تھا۔ جب میں دراز سے انگوٹھی نکال رہی تھی تب بھی ببل بنانے بگاڑنے میں گم تھی۔ میں نے کوئی آواز نہیں نکالی تھی مگر کمرے کی خاموشی میں ببل گم نے چیخ چیخ کر میرا راز فاش کر دیا تھا۔ دوسرا ثبوت میری خوشبو تھی جو میں بڑے چاؤ سے گھر سے لگا کر آئی تھی۔ یہ خوشبو ہفتوں تک کپڑوں سے غائب نہیں ہوتی تھی۔

میں نے خواب میں بھی نہ سوچا تھا کہ یوں پکڑی جاؤں گی۔ مگر برائی کا انجام برا ہی ہوتا ہے۔ جب میاں جی نے اپنی "تکنیک" کی وضاحت کی تو سب کی نظریں مجھے "چور چور" کہہ اور میری بے گناہی کا ہر راستہ بند کر رہی تھیں۔ پھر سب کے سامنے جب میں نے ایک گملے کی مٹی سے انگوٹھی برآمد کی تو ہر کسی کی نوکیلی نظریں مجھے چھید رہی تھیں۔ تب ندامت کے کئی آنسو میری آنکھوں سے گر کر زمین کو گندا کرنے لگے اور میری گردن شرمندگی کے مارے کچھ اور جھک گئی تھی۔

(۷) گہرے سمندر سے حملہ

ماخوذ ترجمہ : ہدایت اللہ شاہ

11 جون 1988ء کی صبح شمالی بحر اوقیانوس میں بلند لہریں اٹھ رہی تھیں اور آسمان پر بادل چھائے ہوئے تھے۔ ڈیوڈ سلنگز اپنی تیس فٹ لمبی کشتی پر بالکل اکیلا تھا۔ دراصل وہ کشتی رانی کے ایک عالمی مقابلے میں شریک تھا۔ ابھی تک اس کی کشتی بڑے اچھے طریقے سے چل رہی تھی، مگر اس وقت سمندری ہوائیں رخ بدل بدل کر چل رہی تھیں۔ سمندری لہروں سے پیدا ہونے والی پھوار آنکھوں سے صاف کرتے ہوئے اس نے نیلے افق کو بڑے غور سے دیکھا۔ ٹھاٹھیں مارتا ہوا سمندر اور پھر تنہائی، یہ دو ایسی چیزیں ہیں جو انسان کو ہر منظر دیکھنے کے لیے، ہر آواز سننے کے لیے اور ہر لمس محسوس کرنے کے لیے بے چین کر دیتی ہیں۔ سلنگز بھی ایسی ہی کیفیت سے دوچار تھا۔ کچھ دیر سے اسے اپنے ارد گرد کسی عجیب اور پریشان کن موجودگی کا احساس ہو رہا تھا۔

اس سے پہلے وہ بحر اوقیانوس کے دو تنہا بحری سفر کر چکا تھا۔ اس کے علاوہ بھی اس نے سفر کیے تھے۔ ان تجربات نے اس کی چھٹی حس کو بڑا محتاط کر دیا تھا اور وہ اپنے دل میں پیدا ہونے والی چھوٹی سے چھوٹی کھٹک کو بھی محسوس کرتا تھا۔

"کوئی چیز یہاں ہے" یہ اس کے دل کی کھٹک تھی۔ اس نے سمندری لہروں کی طرف پر تجسس نظر دوڑائی اور ان میں کسی ڈوبے ہوئے جہاز، تیل کے ڈرم اور اسی قسم کی دوسری چیزوں کا سراغ لگانے کی کوشش کی۔ یہ چیزیں ایک نازک کشتی کے لیے خطرے

کا باعث بن سکتی تھیں۔ اسی دوران میں اس نے اپنے وائرلیس سیٹ پر مقابلے میں شامل تین ساتھیوں کی آوازیں سنیں۔ اٹھارہ گھنٹوں میں یہ اس کا پہلا ریڈیائی رابطہ تھا۔ یہ جان کر وہ بہت خوش ہوا کہ اس کا مقابلہ ٹھیک جا رہا ہے۔ وہ خوشی سے جھوم اٹھا۔

اس نے فوراً جہاز رانی کو مانیٹر کرنے والے آلے کا بٹن دبایا۔ اسے معلوم ہوا کہ وہ انگلینڈ سے 700 میل کے فاصلے پر ہے۔ وہ اس رفتار سے بحری سفر کرنے پر مطمئن تھا۔ تیز ہوائیں اور سمندر کی موجیں وقتاً فوقتاً اس کی کشتی کا راستہ تبدیل کر دیتی تھیں۔ اس نے خودکار ہواپیا کو ایسے طریقے سے سیٹ کیا کہ اس کی کشتی اسے 2300 میل کے فاصلے پر واقع آخری پوائنٹ "نیوپورٹ" پہنچا دے۔

دوپہر تک سلنگز کا اپنے تین حریفوں سے ریڈیائی رابطہ منقطع ہو گیا۔ ابھی تک چھٹی حس اسے یہ بتا رہی تھی کہ کوئی چیز ارد گرد موجود ہے۔

تقریباً پانچ بجے اس نے انھیں پہلی بار دیکھا۔ یہ درجن بھر وہیل مچھلیاں تھیں۔ یہ کشتی سے 50 فٹ داہنی جانب تھیں اور کشتی کے متوازی چل رہی تھیں۔ اب اسے معلوم ہوا کہ یہ وہیل مچھلیاں ہی تھیں جن کی موجودگی کا احساس اس کی چھٹی حس کو پہلے ہی ہو چکا تھا۔

آدھی رات کے وقت وہ اٹھا اور جہاز کے سوراخ میں سے باہر جھانکا۔ ایک معمولی سی تبدیلی پھر اس کی نیند میں مخل ہو گئی تھی۔ تقریباً سو گز کے فاصلے پر اس نے کسی جہاز کی روشنی کو حرکت کرتے ہوئے دیکھا۔ وہ بہت خوش ہوا کہ اس نے اپنی مہارت سے ایک اور حریف کو جا لیا تھا۔ اس نے ریڈیائی رابطہ کرتے ہوئے کہا: "یہ "ہائی کپ" ہے خدا حافظ۔" ہائی کپ اس کی کشتی کا نام تھا۔ دوسری طرف سے کوئی نیند میں بول رہا تھا۔ "گڈ لک" جہاز کی روشنی پیچھے ہٹتی جا رہی تھی۔

سلنگز نے جہاز کے پرزوں کو چیک کیا۔ بل کھاتے ہوئے سمندر کے پانی میں اسے مچھلیوں کا احساس ہوا۔ وہ انھیں اچھی طرح محسوس کر سکتا تھا۔

سلنگز نے دوسرا دن مصروفیت میں گزارا۔ وہ بدلتی ہواؤں کے پیش نظر جہاز کے راستے میں مسلسل تبدیلیاں لاتا رہا۔ اس کی یومیہ رفتار 143 میل تھی۔ وہ اس پر بہت مطمئن تھا۔

شام دو بجے جب سلنگز آدھ گھنٹے کے لیے نیند کی تیاری میں تھا تو یکایک اس کے جسم میں ایک خوف کی لہر دوڑ گئی۔ جس کی کوئی وجہ اسے سمجھ میں نہیں آئی تھی۔ موٹی سی کتاب، جو ایک شیلف میں رکھی ہوئی تھی، یکدم نیچے گر پڑی۔ وہ چونک اٹھا۔ یہ کتاب بڑی حفاظت سے رکھی گئی تھی۔ ماضی میں اس سے بھی زیادہ سخت حالات میں شدید طوفانوں کا اسے سامنا کرنا پڑا تھا لیکن اسی جگہ پر رکھی یہ مقدس کتاب پہلے نہیں گری تھی۔ اب یہ خاموش سمندر میں کیوں نیچے گر گئی تھی؟ یہ اس کے لیے حیرانی کی بات تھی۔

سلنگز عرشہ پر واپس آگیا۔ وہ گھبراہٹ میں ادھر ادھر چلتا رہا اور جہاز کو مختلف زاویوں سے چیک کرتا رہا۔ سورج غروب ہونے کے بعد اس نے گہرے بادلوں کے نیچے سمندر کو لہراتے ہوئے دیکھا ابھی تک وہیل موجود تھیں۔ ان کے لمبے سیاہ پر سطح سمندر کو چھو رہے تھے۔ ان کے جسم چمکیلے اور 20 فٹ لمبے تھے۔ ان کی تعداد لمحہ بہ لمحہ بڑھ رہی تھیں۔

سلنگز کشتی رانی کے مقابلے کے بارے میں فکر مند تھا۔ اس نے وہیل مچھلیوں کو نظر انداز کرنے کی کوشش کی۔ سمندری سفروں میں اس نے سینکڑوں کی تعداد میں یہ مچھلیاں دیکھی تھیں اور انھیں ہمیشہ ایک دوستانہ رویہ رکھنے والا عقل مند جانور پایا۔ اسے ان میں انسانوں کا سا تجسس بھی محسوس ہوا۔ وہ ان کی طرف سے کبھی فکر مند نہیں ہوا تھا

اسے اگر کوئی فکر لاحق ہوتا تھا تو وہ جہاز رانی، موسم اور رفتار سے متعلق ہوتا تھا۔ جب سر شام وہ کشتی میں اپنے بستر پر دراز ہونے کے لیے گیا تو وہ بہت تھک چکا تھا۔ وہ فوراً سو گیا۔

پھر جہاز سے باہر "چوں چوں" کی آوازیں پیدا ہونے لگیں اور ہر لمحے بلند سے بلند تر ہوتی گئیں۔ سلنگز نے بستر سے اچھلتے ہوئے کہا: "یہ سب کیا ہے؟" پراسرار آوازیں اب کشتی میں گونجنے لگیں۔ یہ آوازیں عجیب اور حیران کن تھیں۔ ایسا لگتا تھا کہ بیک وقت مختلف جانور بول رہے ہیں۔ سلنگز یہ آوازیں سن کر مبہوت ہو گیا۔ وہ دراصل یہ سوچنے کی کوشش کر رہا تھا کہ کون سی چیز نے ان کو مشتعل کر دیا تھا۔ وہ حیرانی کے عالم میں یہ سوچ رہا تھا کہ کیا یہ مجھے کچھ بتانے کی کوشش کر رہی ہیں یا پھر مجھے خبر دار کر رہی ہیں۔ جوں ہی یہ مخلوق جہاز کے نزدیک سے گزرتی تھی، مضبوط دھاتوں سے بنی ہوئی کشتی کانپ کر رہ جاتی۔ جیسے ہی سلنگز کشتی کے اوپر والے حصے میں گیا، وہیل مچھلیاں ہوا لینے کے لیے سطح سمندر پر آ گئیں۔ اندھیری رات میں جب چاند بھی نہ ہو، سمندر میں چھ فٹ سے زیادہ فاصلے پر دیکھنا مشکل ہوتا ہے۔ اس نے چھ عدد دیو نما مچھلیاں دیکھیں جو ایک دوسرے سے مل کر دائرہ بنا رہی تھیں۔ پھر وہ ایک دم غائب ہو گئیں۔ وہ کاک پٹ میں بیٹھا حیرانی کے عالم میں اندھیرے میں گھور رہا تھا۔ سلنگز کی رات ایسے گزری کہ وہ چند منٹ کے لیے اونگھ لیتا اور پھر جاگ پڑتا۔ کئی دنوں تک اس کے حواس پر خوف چھایا رہا۔ وہ صرف دعا کر سکتا تھا اور جہاز کو بھٹکنے سے روک سکتا تھا۔

13 جون کی صبح سلنگز کو مصنوعی سیارے کے ذریعے معلوم ہوا کہ وہ ایک ہزار میل کا فاصلہ طے کر چکا تھا۔ اس کا مطلب یہ تھا کہ اس نے مقابلے کا ایک تہائی حصہ پورا کر لیا تھا۔ اس نے دل میں یہ سوچا کہ وہ یہ مقابلہ جیت سکتا ہے۔

50 گز کے فاصلے پر اسے مچھلیوں کے پر پھر نظر آئے۔ جلد ہی ان کے سر سطح سمندر سے بلند ہونے لگے۔ ایسا محسوس ہوتا تھا کہ وہ دوسری مچھلیوں کے لیے کشتی تک پہنچنے کی راہ بنا رہی ہیں۔ ان کے بڑے بڑے اور چمکتے ہوئے جسم ادھر ادھر ہر طرف نظر آرہے تھے۔ ان میں سے چند ایک کا وزن 2 ٹن سے زیادہ تھا۔ وہ غوطہ زنی کرتے ہوئے آگے بڑھ رہی تھیں۔ جس سے ہوا میں چاروں طرف پانی اڑ رہا تھا۔

ہائی کپ سمندر میں بڑے ہموار طریقے سے چل رہی تھی۔ ایک دفعہ اس کے ذہن میں خیال پیدا ہوا کہ اس نازک صورت حال سے متعلق وہ ریڈیائی رابطہ پر اطلاع دے دے لیکن پھر اسے یاد آیا کہ وہیل ایک ہمیشہ خوش رہنے والا جانور ہے اور یہ سب کچھ وہ کھیل میں اچھل کود کر رہی ہیں۔ اس نے خیال کیا کہ ایک موہوم خدشے کی وجہ سے ایسا رابطہ نامناسب ہے۔ درحقیقت ایسا کوئی خطرہ نہیں ہے۔ یہ صرف اس کا احساس تھا۔

لیکن بہت جلد اس کے خدشات حقیقت کا روپ دھارنے لگے تھے۔ چھوٹے بڑے ہر سائز کی مچھلیاں ہجوم کی شکل میں جمع ہو گئیں اور عموداً کھڑی ہو گئیں۔ انھوں نے چیخنا چلانا شروع کر دیا۔ ایسا معلوم ہوتا تھا کہ وہ آپس میں باتیں کر رہی ہیں یا پھر سلنگز سے مخاطب ہیں۔

مچھلیوں نے کشتی کے ارد گرد اپنے پروں کا گھیرا بنا لیا۔ وہ قریب تر آتی جا رہی تھیں۔ اس نے سوچا یہ کھیل نہیں ہے۔ معاملہ خطرناک حد تک سنجیدہ ہو چکا ہے۔ پھر اس نے بڑی مچھلیوں کا ایک ریوڑ دیکھا جو کہ سمندری لہر کی سفید چوٹی پر سوار ہو کر آرہا تھا اور غوطہ زنی کرتے ہوئے آگے بڑھ رہا تھا۔ جب اس نے دیکھا کہ پہلے سے موجود چھوٹی مچھلیاں کشتی کے ساتھ لگ کر اسے ایسے ہلا رہی تھیں جیسے کہ وہ ایک کھلونا ہو تو وہ خوف زدہ ہو گیا۔ چند لمحے بعد بڑی مچھلیوں نے کشتی کے ارد گرد اپنے جسموں سے ایک جنگلا بنا

دیا۔

یکایک ایک 25 فٹ لمبی مچھلی ریوڑ کے درمیان میں سے نکلی، اس کے بعد ایک اور مچھلی پانی کی سطح پر نمودار ہوئی اس کے پیچھے ایک اور آ گئی۔ چھوٹی مچھلیاں خوف و ہراس میں "ہائی کپ" پر جھپٹ پڑیں۔ کشتی دباؤ برداشت نہ کر سکی اور عدم توازن کا شکار ہو گئی۔

"اف میرے خدا! ایسا نہیں ہو سکتا۔" سلنگز نے بے بسی کے عالم میں کاک پٹ کے جنگلے کو مضبوطی سے پکڑتے ہوئے کہا۔ ایک بڑی مچھلی نے دھکم پیل کرتے ہوئے کشتی کی پشت کو ٹکر مار دی۔ دوسرے لمحے ایک اور وہیل مچھلی کشتی سے آ ٹکرائی۔ کشتی ہچکولے کھانے لگی۔ بادبانوں نے ہوا لینی چھوڑ دی۔ کشتی کا پتوار کٹ کر دور جا گرا۔ کشتی کو ناقابل تلافی نقصان پہنچ چکا تھا۔ اس میں پانی بھرنے لگا۔ سلنگز فوراً حرکت میں آیا۔ وہ سمجھ گیا کہ اس کے پاس چند لمحے رہ گئے ہیں۔

کشتی کے کیبن میں سلنگز نے تیراکی والا مخصوص لباس پہنا۔ ریڈیائی رابطے پر اطلاع دیتے ہوئے کہا:

"یوم مئی، یوم مئی، یوم مئی" اس نے یہ الفاظ بار بار دہرائے اور جائے حادثہ کے متعلق بھی بتایا۔

مغربی جرمنی کے مال بردار جہاز "دی بریگیڈ واٹر" نے یہ پیغام سنا اور جائے حادثہ کی نشاندہی کو نوٹ کیا۔

کشتی بے رحم حملے کی زد میں تھی اور ہچکولے لے رہی تھی۔ سلنگز کی تمام تر توجہ اب اپنی جان بچانے والے اقدامات پر مرکوز تھی۔ اس نے باقی تمام معاملات کے متعلق سوچنا چھوڑ دیا تھا۔

مچھلیوں کے حملے جاری تھے۔ دو اور شدید حملوں نے اس کی رہی سہی کسر پوری کر

دی۔ مستول کے آگے والا حصہ ٹوٹ کر سمندر میں جا گرا۔ سلنگز نے مائیک نیچے گرا دیا اور تیزی سے اوپر کو دوڑا۔ جوں ہی کشتی الٹنے لگی اور اس کا پیچھے والا حصہ ہوا میں بلند ہوا، اس نے پانی میں تیرنے والے تختے کے ساتھ سمندر میں چھلانگ لگا دی۔ اس نے تختے کے ساتھ ہوا بھرنے والی دوڑی کو پکڑا اور جھٹکے کے ساتھ اسے کھینچا۔ یہ غبارے کی شکل اختیار کر گیا۔ اپنی تمام تھکی ماندی قوت کو بروئے کار لاتے ہوئے اس نے اپنے آپ کو غبارے کے اندر کھینچ لیا۔ اس وقت تک "ہائی کپ" سمندر میں غرق ہو چکی تھی۔

جب کشتی مکمل طور پر ڈوب چکی تو مچھلیوں نے منتشر ہونا شروع کر دیا۔ بہت جلد وہ غائب ہو گئیں۔ ایسا لگتا تھا کہ وہ سمندر میں غرق ہوتی کشتی کا ابھی تک پیچھا کر رہی تھیں۔

وہ تختے پر کانپتے ہوئے بیٹھا اس سامان کو شک سے دیکھ رہا تھا جو اس کے ساتھ تختے پر موجود تھا۔ اس کے پاس صرف دو لیٹر پانی موجود تھا۔ وہ جانتا تھا کہ اسے بڑی احتیاط سے استعمال کرنا ہو گا۔ اسے خطرے سے بچانے والی امداد پر بھی بھروسا نہیں تھا۔ اس نے سمندر میں کودنے سے پہلے ایک بہت ہی مختصر پیغام بھیجا تھا جس کے وصول کیے جانے کا اسے یقین نہیں تھا۔

سلنگز نے اپنی پچھلی رفتار سے یہ اندازہ لگایا کہ اس کا تختہ یورپین ساحل پر 5 ہفتے سے پہلے نہیں پہنچ سکے گا۔ اس وقت تک اسے مرے ہوئے خاصا وقت گزر چکا ہو گا۔

دوپہر کے وقت اسے ایسا محسوس ہوا کہ کوئی جہاز اس کے اوپر سے گزرا ہے۔ وہ جانتا تھا کہ اس کا "یوم مئی" والا ارسال کردہ پیغام وصول کیا جا چکا تھا لیکن اس کے متعلق وہ یقین سے نہیں کہہ سکتا تھا کہ کوئی امدادی پارٹی اس تک پہنچ بھی سکے گی۔

اچانک برطانوی رائل ایئر فورس کا ایک تلاش کرنے والا امدادی جہاز " نمیر وڈ" نیچے

آیا اور اس نے سراغ لگانے والا ایک روشنی کا گولہ سمندر کی طرف پھینکا۔ سلنگز کو تلاش کر لیا گیا تھا۔ اس نے سوچا کہ جس جہاز نے اس کا پیغام وصول کیا تھا، اس نے اس کا پیغام بھجوادیا ہو گا اور انھوں نے آگے "رائل ایئر فورس" کو خبر دار کیا ہو گا۔

ساڑھے سات بجے شام ایک گونج دار آواز نے سکوت کو توڑا سلنگز نے اپنا سر ہلایا۔ آنکھیں ملیں اور آخر کار آدھ میل کے فاصلے پر اس آواز کا سراغ لگالیا۔ "برج واٹر" جہاز اپنا ہارن بجارہا تھا۔

تیس منٹ کے اندر امدادی جہاز تختے کے قریب پہنچ چکا تھا۔ سیاح جہاز کے جنگلے کے ساتھ جمع ہو گئے تھے۔ وہ سلنگز کا حوصلہ بڑھارہے تھے ان میں چند فوٹو گراف لے رہے تھے۔ خوف ناک خواب بالآخر اختتام پذیر ہو گیا تھا۔

چھ گھنٹے سمندر میں رہنے کے بعد سلنگز کو جہاز کے عرشے پر لایا گیا۔ اسے خشک کپڑے پہنائے گئے۔ اسے جہاز کے کپتان نے بتایا کہ اس نے "ہائی کپ" کی ڈوبنے والی جگہ کے ارد گرد بڑی وہیل مچھلیوں کے جھنڈ دیکھے تھے۔ اس کے بعد اس نے سلنگز کا پیغام وصول کیا تھا۔ کپتان نے بتایا کہ پیغام وصول کرنے کے بعد اسے وہ چھوڑ کر جانے کا تصور بھی نہیں کر سکتا تھا۔

سائنس دانوں نے وہیل مچھلیوں کے حملے کی مختلف وجوہات بیان کی ہیں۔ کچھ کا خیال تھا کہ سلنگز کا جہاز غلطی سے اس علاقے میں داخل ہو گیا تھا جہاں ان جانوروں کے بچے تھے۔ انھوں نے اپنے بچوں کی حفاظت کی خاطر حملہ کیا تھا۔ کیمبرج کے ایک سینئر سائنس دان ایتھونی مارٹر کا خیال تھا کہ قاتل وہیل مچھلیوں نے بے ضرر چھوٹی مچھلیوں پر حملہ کر دیا ہو گا۔ وہ قاتل مچھلیوں سے بچنے کے لیے کشتی کے ارد گرد جمع ہو گئی ہوں گی۔

ڈیوڈ سلنگز "ایسٹ بوون" واپس پہنچ گیا ہے۔ وہ اسی سال "ہائی کپ" کی جگہ اور کشتی لینے کا سوچ رہا ہے۔ اپنے مشکل تجربے کے باوجود بحری سفر کی کشش اسے اپنی طرف کھینچتی ہے۔

(۸) ہتھنی کا انتقام

ہدایت اللہ شاہ

وہ ایک جیپ میں سفر کر رہے تھے۔ راستہ بہت دشوار تھا۔ جیپ اچھلتی کودتی گے بڑھ رہی تھی۔ لیکن مسٹر سمتھ اسے بڑی مہارت سے گے بڑھا رہے تھے اور جیپ کو مکمل طور پر قابو میں رکھے ہوئے تھے۔ ان کا بیٹا قدرتی مناظر کا نظارہ کر رہا تھا۔ سورج سر پر پہنچ چکا تھا۔ آسمان پر سفید بادلوں کی ٹکڑیاں تیرتی پھر رہی تھیں۔ دور سر سبز پہاڑ نظر آ رہے تھے اور پرندے اڑتے پھر رہے تھے۔ ہر طرف سکون ہی سکون تھا۔

مسٹر سمتھ ماہر شکاری تھے اور شکار کے سلسلے میں وہ اکثر گھر سے باہر رہا کرتے تھے۔ جان ان کا اکلوتا بیٹا تھا۔ اپنے ابو کی یاد میں وہ بہت اداس رہا کرتا تھا۔ جب بھی اس کے ابو گھر واپس لوٹتے، جان کے لیے بہت سے تحائف لے کر تے تھے۔ لیکن جان ان سے صرف ایک بات کی ضد کرتا تھا۔ وہ یہ کہ اگلی بار شکار پر وہ اسے بھی اپنے ساتھ لے کر جائیں گے۔ لیکن اس کے ابو ہمیشہ ٹال دیا کرتے تھے۔ وہ نہیں چاہتے تھے کہ جان خطرناک جنگلوں میں جاقر کسی مصیبت کا شکار ہو۔ لیکن اس مرتبہ وہ اپنے ساتھ لے جانے پر صرف اس لیے تیار ہو گئے تھے کیوں کہ اس نے اس سال امتحان میں اول پوزیشن حاصل کی تھی۔ لیکن انہوں نے جان سے یہ وعدہ لیا تھا کہ وہ جب شکار کے لیے جنگل میں جائیں گے تو جان ریسٹ ہاؤس ہی میں رہے گا۔ جان فوراً راضی ہو گیا تھا۔

مسٹر سمتھ اسی روز صبح سویرے شکار سے لوٹے تھے اور اندر آ کر ابھی صوفے پر

بیٹھے ہی تھے کہ ٹیلی فون کی گھنٹی بج اٹھی۔ فون، جان نے اٹھایا تھا۔ اس کے کانوں سے ایک کھردری سی آواز ٹکرائی: "میرا نام جیکی ہے۔ میں سمتھ سے بات کرنا چاہتا ہوں!" اتنا سن کر اس نے ریسور اپنے ابو کی طرف بڑھا دیا۔

"میں سمتھ ہوں، کہیے کیا بات ہے؟" دوسری طرف سے جیکی کی بات سن کر سمتھ کے ہونٹوں پر مسکراہٹ دوڑ گئی۔

"ٹھیک ہے میں پہنچ رہا ہوں!" اتنا کہہ کر انہوں نے فون رکھ دیا۔

جیپ میں اپنے ابو کے ساتھ بیٹھا جان اب بے حد خوش تھا۔ وہ ارد گرد کے نظاروں سے بہت لطف اندوز ہو رہا تھا، کہنے لگا:

"ابو، میں جب بڑا ہو جاؤں گا تو اسی وادی میں اپنے لیے گھر بناؤں گا۔"

"میرے بچے شہروں میں بسنے والے لوگ ان جنگلوں میں نہیں رہ سکتے۔ یہ تو افریقی سیاہ فام لوگوں ہی کا حوصلہ ہے کہ یہاں مزے سے زندگی گزار رہے ہیں۔"

انہیں سفر کرتے ہوئے تقریباً پانچ گھنٹے ہو چکے تھے۔ جان کو کچھ کچے مکان دکھائی دینے لگے۔ پندرہ منٹ کے مزید سفر کے بعد وہ اپنی منزل پر پہنچ چکے تھے۔

یہ ایک چھوٹا سا اسٹیشن تھا۔ یہاں ایک ریسٹ ہاؤس بنا ہوا تھا۔ بازار میں سیاہ فام افریقی چلتے پھرتے نظر رہے تھے۔ اکا دکا انگریز بھی خریداری کرتے پھر رہے تھے۔ جیپ کا انجن بند کرنے کے بعد سمتھ نے اپنا سامان اٹھایا اور وہ دونوں ریسٹ ہاؤس میں چلے آئے۔ اندر پہلے ہی سے چند آدمی موجود تھے۔ انہوں نے سمتھ کو خوش آمدید کہا۔ لیکن ان کے ساتھ جان کو دیکھ کر وہ قدرے بے چین نظر آنے لگے۔

"مسٹر سمتھ، ہم نے آپ سے کہا تھا کہ اکیلے تشریف لائیں لیکن آپ اپنے بیٹے کو بھی لے آئے۔" سفید بالوں والے بوڑھے نے آہستہ سے کہا۔ یہ وہی شخص تھا جس نے

رات فون کیا تھا۔

"جیکی، فکر والی کوئی بات نہیں ہے۔ میر ابیٹا گاؤں میں رہے گا اور ہم اپنا کام کریں گے۔"سمتھ نے نرمی سے کہا۔

"فکر کی بات ہے۔ آپ جانتے ہیں ہم جس کام پر روانہ ہو رہے ہیں وہ غیر قانونی ہے۔ ایسے میں ہمیں ہر قسم کی احتیاط کرنی چاہیے۔" غیر قانونی والی بات سن کر جان کے کان کھڑے ہو گئے۔

"مسٹر جیکی، آپ خواہ مخواہ ڈر رہے ہیں۔ کسی کو کانوں کان خبر نہیں ہو گی اور آپ کا کام بھی ہو جائے گا۔ میں آپ کو یقین دلاتا ہوں۔"

"میں جانتا ہوں، ہم ایسے کام کرتے رہتے ہیں۔ لیکن پھر بھی آپ اس بات سے اتفاق کریں گے کہ بچوں اور عورت کا ساتھ طاقت ور سے طاقت ور آدمی کو بھی کمزور بنا دیتا ہے۔"

"جی نہیں میر امانناہے کہ انسان کی اصل طاقت اس کے بیوی بچے ہی ہوتے ہیں، اس کا خاندان ہوتا ہے۔ خیر اس بحث کو جانے دیجئے۔ ابھی ہماری نظر اپنے مقصد پر ہونی چاہیے۔ آپ بتائیے، آپ نے یہاں کیا انتظام کیا ہے۔"

سمتھ کی بات سن کر جیکی خشک لہجے میں بولا: "اس پہاڑی کے پیچھے جنگل میں ہتھنی اپنے بچے کے ہمراہ موجود ہے۔ ہمیں اس کا بچہ چاہیے۔ سرکس والوں کو ہاتھی کے بچے کی اشد ضرورت ہے۔ وہ ہمیں منہ مانگا روپیہ دینے کے لیے تیار ہیں۔ اس رقم میں سے آدھا حصہ آپ کو ملے گا۔"

"جنگل کی پولیس کے حوالے سے آپ نے کیا انتظام کیا ہے ؟" مسٹر سمتھ نے پوچھا۔

"خوش قسمتی سے ہمارے پاس تین دن ہیں۔ ان تین دنوں میں پولیس جنگل میں قدم نہیں رکھے گی۔ جنگل کی مشرقی سمت میں ہم نے چند درخت گرائے ہیں۔ ہمارے ساتھی ان کو ادھر الجھائے رکھیں گے، ادھر ہم اپنا کام مکمل کرلیں گے۔" جیکی مسکراتے ہوئے کہہ رہا تھا اور جان کا دل ڈوبتا جارہا تھا۔ وہ سوچ بھی نہیں سکتا تھا کہ اس کے ابو ایسا کام بھی کرسکتے ہیں۔ لیکن سمتھ کو اس بات کی ذرا بھی پروا نہیں تھی۔ ان کا تو کام ہی یہی تھا۔ وہ جانتے تھے کہ ان کا بیٹا بھی ان کے ساتھ سمجھوتا کرلے گا۔

رات خیریت سے گزری۔ اگلے دن مسٹر سمتھ اپنے بیٹے کو بستر میں سوتا چھوڑ کر اپنے ساتھیوں کے ہمراہ جنگل کی طرف روانہ ہوگئے۔ انہوں نے اپنے ساتھ چند افریقی مزدور بھی لے لیے تھے۔ جنگل میں پہنچ کر مسٹر سمتھ کے اشارے پر انہوں نے ایک گہرا گڑھا کھودنا شروع کر دیا۔ دوپہر تک گڑھا تیار ہو چکا تھا۔ پھر اس کے منہ پر بانس رکھے گئے اور جھاڑیوں اور پتوں کی مدد سے گڑھے کا منہ ڈھانپ دیا گیا۔

یہ کام کرنے کے بعد سمتھ نے اطمینان سے کہا: "اب ہم لوگ جنگل میں پھیل جائیں گے اور ہاتھی کے بچے کو گھیر کر اس طرف لائیں گے۔ سب لوگ احتیاط کریں گے، کوئی گولی نہیں چلائے گا۔ جس طرح انسان جانوروں سے ڈرتا ہے، اسی طرح جانور بھی انسان سے خوف زدہ رہتے ہیں۔ ایک بار پھر سن لیجئے، ہاتھی کے بچے کو گھیر کر اس طرف لانا ہے۔ وہ اس گڑھے میں گر جائے گا، پھر اسے پکڑنا آسان ہو گا۔" سمتھ کے کام سے جیکی بہت خوش نظر رہا تھا۔ سب لوگ جنگل میں پھیل گئے اور شام تک ہاتھی کو ڈھونڈتے رہے لیکن انہیں کامیابی نہ ہوئی۔ رات ہونے سے پہلے وہ واپس لوٹ آئے۔

ریسٹ ہاؤس میں جان بہت پریشان تھا۔ اپنے ابو کو دیکھتے ہی وہ ان کے پاس چلا یا۔ "ابو، آپ جو کام کر رہے ہیں وہ غلط ہے۔" اس نے دل کی بات فوراً کہہ ڈالی۔

اس کے ابو مسکرائے اور بولے: "میں جانتا تھا کہ تم یہ بات ضرور کہو گے۔ لیکن بیٹے، اب تم بڑے ہو چکے ہو۔ تمہیں سمجھنا چاہیے کہ یہ میرا کام ہے اور اسی کام سے ہمیں پیسا ملتا ہے تاکہ ہم اپنی ضروریات پوری کر سکیں۔ اور صحیح کیا ہے اور غلط کیا، یہ سب کتابی باتیں ہیں اور کتابوں ہی میں اچھی لگتی ہیں۔"

"لیکن ابو، یہی باتیں انسان کو انسان بناتی ہیں۔ پیسے کمانے کے جائز طریقے بھی تو ہیں۔"

"تم اس بحث کو جانے دو۔ کل ہمارا کام مکمل ہو جائے گا، پھر ہمیں واپس لوٹنا ہے۔ اتنے وقت میں تم تفریح کرو، لوگوں سے ملو، کھاؤ پیو۔ مجھے اب سونا ہے، میں بہت تھک گیا ہوں۔" یہ کہہ کر وہ آرام کرنے کے لیے لیٹ گئے۔

جان نے چپکے سے کہا: "ابو، میں آپ سے محبت کرتا ہوں لیکن میں یہ بات بھی جانتا ہوں کہ ہر خراب کام کا نتیجہ بھی خراب ہوتا ہے۔"

وہ رات جان نے سخت بے چینی میں گزاری۔ جانے کیوں خوف کا ایک عجیب سا احساس تھا جس نے اس کے وجود کو اپنی گرفت میں لے رکھا تھا۔ آنے والی صبح بہت روشن تھی۔ سورج نکلتے ہی مسٹر سمتھ اپنی شکاری ٹیم کے ہمراہ جنگل میں گھس گئے۔ دو گھنٹے کی تلاش کے بعد سمتھ نے پہاڑی کے دامن میں آبشار کے پاس ہتھنی کے بچے کو دیکھ لیا۔ وہ پانی کے ساتھ کھیل رہا تھا۔ وہ اپنی ننھی سی سونڈ میں پانی بھرتا اور فوارے کی صورت میں پانی کو اپنے جسم پر ڈال لیتا۔ بچے کو دیکھتے ہی سمتھ نے مخصوص سیٹی بجائی اور سب لوگ دائرے کی صورت میں ہاتھی کو گھیرنے لگے۔ یہ کام مشکل تھا لیکن وہ سب اس کے ماہر تھے۔ تھوڑی دیر کے بعد ہاتھی کا بچہ ان کے داؤ میں آ گیا۔ حبشی اپنے منہ سے "ہو ہو" کی مخصوص آوازیں نکال رہے تھے۔ ہاتھی کا بچہ خوف کے عالم میں اسی سمت میں

بھاگ رہا تھا جہاں گڑھا تھا۔ توقع کے عین مطابق ہتھنی کا بچہ گڑھے کے پاس پہنچا اور صاف راستہ دیکھتے ہوئے جھاڑیوں اور خشک پتوں پر چڑھ گیا۔ اگلے ہی لمحے اس کے قدموں کے نیچے سے زمین نکل گئی اور وہ پشت کے بل گڑھے میں جا گرا۔ وہ بلند آواز میں چیخنے لگا۔ سب لوگ دائرے کی شکل میں گڑھے کے کناروں پر جمع ہو چکے تھے اور مسکراتے ہوئے ہتھنی کے بچے کی طرف دیکھ رہے تھے۔ جیکی بہت خوش تھا۔ ایسے میں سمتھ اس کا بازو پکڑتے ہوئے تیز آواز میں بولا:

"اب یہاں سے نکلنے کی کرو۔ اگر اس کی ماں پہنچی تو مشکل ہو جائے گی۔"

سمتھ کی بات سن کر جیکی زور سے ہنسا اور اپنی رائفل کی طرف اشارہ کرتے ہوئے بولا: "میرے پاس اس کا علاج بھی ہے۔ اگر وہ ہمارے راستے میں آئی تو میں اسے مار ڈالوں گا۔" اتنا کہہ کر اس نے اپنے ساتھیوں کو اشارہ کیا۔ آدھے گھنٹے کے بعد وہ لوہے کا ایک پنجرہ دھکیلتے ہوئے واپس آتے نظر آئے۔ اس پنجرے کو پہیے لگے ہوئے تھے۔ پھر موٹی موٹی رسیوں کے ذریعے سے ہاتھی کے بچے کو باندھ کر اسے گڑھے میں سے باہر کھینچ لیا گیا۔ یہ کام کرنے کے بعد قافلہ واپسی کے لیے روانہ ہو گیا۔ اس دوران میں ہاتھی کا بچہ مسلسل چنگھاڑتا رہا۔ جلد ہی وہ جنگل سے باہر نکل آئے۔

جب جان نے ہتھنی کے بچے کو دیکھا تو بہت خوش ہوا لیکن پھر فوراً ہی اداس ہو گیا۔ اسے یہ خیال تڑپا رہا تھا کہ چند پیسوں کی خاطر اس کے ابونے بچے کو اس کی ماں سے جدا کر دیا۔ وہ پنجرے کے پاس ہی بیٹھ گیا۔ پنجرے کو تالا لگا ہوا تھا اور اس کی چابی جیکی کے پاس تھی۔

دوپہر ہونے والی تھی۔ اپنی کامیابی کی خوشی میں جیکی نے بہت بڑی دعوت کا انتظام

کیا تھا۔ سب لوگ ریسٹ ہاؤس میں بیٹھے باتیں کر رہے تھے کہ اچانک ان کے کانوں سے ایک خوفناک آواز ٹکرائی۔ گھبراہٹ کے عالم میں سب لوگ باہر کی طرف بھاگے اور فوراً ہی بدحواس ہو گئے۔ ہتھنی پنجرے کے پاس کھڑی چنگھاڑ رہی تھی۔ جواب میں اس کا بچہ بھی بلبلا رہا تھا۔

جب ہتھنی سے کچھ بن نہ پائی تو وہ پلٹی اور ریسٹ ہاؤس کی طرف بڑھی۔ جیکی، سمتھ اور ان کے ساتھی اپنا اپنا اسلحہ اٹھانے کے لیے لپکے لیکن انہیں دیر ہو چکی تھی۔ غصیلی ہتھنی ریسٹ ہاؤس کی لکڑی کی دیوار توڑ کر اندر گھس آئی تھی۔ جیکی اس وقت اپنی رائفل میں گولی چڑھانے کی کوشش کر رہا تھا جب ہتھنی نے اسے اپنی سونڈ میں اٹھا کر زمین پر پٹخا اور اپنے وزنی قدموں کے نیچے کچل دیا۔ جیکی کی آخری چیخ بہت خوفناک تھی۔

جان ایک کونے میں میز کے نیچے چھپا ہوا تھا۔ سب لوگ ریسٹ ہاؤس سے باہر بھاگ چکے تھے۔ جیکی کو کچلنے کے بعد ہتھنی واپسی کے لیے مڑی اور جیسے ہی باہر نکلی جان لپک کر جیکی کے پاس آیا اور اس کی جیب میں سے پنجرے کی چابی نکال لی۔ وہ جانتا تھا کہ ہتھنی کو رام کرنے کے لیے اس کے بچے کو آزاد کرنا بہت ضروری ہے۔ چابی لینے کے بعد وہ جوں ہی باہر نکلا، اس کا سانس سینے ہی میں اٹک گیا۔ ہتھنی نے اس کے ابو کو اٹھار کھا تھا۔ جان لپک کر پنجرے کی طرف بڑھا۔ اس کے ہاتھ کانپ رہے تھے۔ گھبراہٹ کی وجہ سے چابی تالے کے سوراخ میں داخل نہیں ہو رہی تھی۔ اتنے میں ہتھنی نے اپنی سونڈ کو گھما کر اس کے ابو کو دور پھینک دیا۔ نیچے گرتے ہی وہ کراہ کر رہ گئے۔ ان کے پاؤں میں موچ آ گئی تھی اور اب ہتھنی تیز تیز قدم اٹھاتی ان کی طرف بڑھ رہی تھی۔ جان یہ منظر دیکھ کر لرز اٹھا۔ اس نے آخری کوشش کی۔ دوسرے ہی لمحے تالا کھل گیا۔ جان نے پوری قوت سے دروازہ کھول دیا۔ ہتھنی کا بچہ تڑپ کر پنجرے سے نکلا اور اپنی ماں کی طرف لپکا۔ ہتھنی

نے جب اپنے بچے کو آزاد ہوتے دیکھا تو اس کے اٹھتے قدم رک گئے۔ بچہ اپنی ماں سے لپٹنے کی کوشش کرنے لگا۔ کبھی وہ اس کے نیچے گھس جاتا، کبھی اپنا جسم اس کے جسم سے رگڑنے لگتا۔ اس کی ماں اپنی سونڈ سے اس کے جسم کو سہلا رہی تھی۔ پھر وہ دونوں جنگل کی طرف جانے والے راستے پر چل دیے۔ سمتھ پھٹی پھٹی آنکھوں سے یہ منظر دیکھ رہا تھا۔ جان آگے بڑھا۔ وہ اپنے ابو کے پاس بیٹھ گیا اور بولا:

"دیکھ لیجئے ابو، جانور تب تک وحشی تھا جب تک وہ اپنے بچے سے دور تھا۔ لیکن بچے کو پاتے ہی اس کی وحشت دور ہو گئی۔ رشتوں سے محبت کا یہ سبق ہمیں جانوروں ہی سے سیکھ لینا چاہیے۔"

مسٹر سمتھ نے کہا: "تم درست کہتے ہو، میرے بچے۔ آج کا انسان اپنے مفادات کے سامنے جھکتے جھکتے خود جانور بن چکا ہے۔ میں بھٹکا ہوا تھا لیکن اب میں اس بات پر خوش ہوں کہ میرے بیٹے کا وجود اس چراغ جیسا ہے جو بھٹکنے والوں کو راستہ دکھاتا ہے۔"

اپنے ابو کی بات سن کر جان کے ہونٹوں پر مسکراہٹ دوڑ گئی۔ وہ دل ہی دل میں خدا کا شکر ادا کرنے لگا، جس نے اس کے ابو کو ہتھنی کی وحشت کا شکار ہونے سے بچا لیا تھا۔

(۹) ہمدردی
نعیم احمد بلوچ

رات کا کھانا کھانے کے بعد حسب معمول میں ایک پارک میں ٹہل رہا تھا۔ میری سوچوں کا سلسلہ اس وقت ٹوٹ گیا جب ایک بھکاری نے میرے آگے ہاتھ پھیلا دیے۔
"بابو جی خدا آپ کا بھلا کرے۔"
میں نے چونک کر اس کی طرف دیکھا۔ اس پارک میں کبھی بھی کوئی بھکاری نظر نہیں آیا تھا اس لیے مجھے حیرت ہوئی۔ پھر یہ فقیر تو بیس پچیس برس کا تھا۔ بھلا چنگا لیکن بہت کمزور، ہڈیوں کا پنجرہ۔ لگتا تھا کہ کئی دنوں کا بھوکا ہے۔
میں نے جیب میں ہاتھ ڈالا اور کچھ روپے اس کے ہاتھ میں تھما دیے۔ اس نے میری طرف دیکھا۔ روپے لے کر اس کی مردہ آنکھوں میں خاص قسم کی چمک تھی۔ اس نے میرا کوئی شکریہ ادا کیا نہ کوئی دعا دی۔ بس چند لمحے مجھے دیکھا اور مجھے یوں لگا جیسے اس شخص کو میں نے کہیں دیکھا ہے اور میں یاد کرنے لگا کہ اسے کہاں دیکھا ہے؟ میری نظروں نے اس کا پیچھا کیا۔ پھر میرے قدم بھی اس کے پیچھے اٹھنے لگے۔
وہ پارک کے ایسے حصے میں چلا گیا جہاں روشنی بہت کم تھی۔ کوئی اور شخص بھی نہیں تھا۔ پھر ایک جگہ وہ رک گیا۔ میں بھی درخت کے تنے کے پیچھے چھپ گیا۔ وہ مجھ سے زیادہ دور نہیں تھا۔ میں اس کو آسانی سے دیکھ رہا تھا۔ اس نے پتلون کی اندرونی جیب میں ہاتھ ڈالا اور میں حیران رہ گیا۔ وہ تو روپے تھے! اس نے میرے دیے ہوئے روپے

بھی اس میں شامل کیے۔ کچھ روپے گنے اور مٹھی میں دبا لیے اور باقی پتلون کی جیب میں ڈال لیے۔ اب بے چینی سے ادھر ادھر ٹہلنے لگا۔ کچھ ہی لمحوں کے بعد ایک موٹا تازہ آدمی اس کی طرف آیا اور وہ بھکاری پاگلوں کی طرح اس کی طرف لپکا۔ پھر میں نے اس کی کپکپاتی آواز سنی۔

"لائے ہو؟"

"میرے پاس اسی (80) روپے ہیں۔"

"ہاں مگر آج نوے روپے میں ملے گی۔" آنے والے شخص نے کہا۔

"نہیں خدا کے واسطے مجھے دے دو۔ میں مر رہا ہوں۔" اور اس نے اس کے پاؤں پکڑ لیے۔

"تو میں کیا کروں؟ مال مہنگا ہو گیا ہے۔" وہ اس کو ٹانگ سے ہٹا کر آگے بڑھ گیا۔ مگر بھکاری پھر اس کی منتیں کرنے لگا۔ موٹے آدمی نے اسے گالیاں دیں۔ جب بھکاری نے دیکھا کہ نوے روپے سے کم پر وہ مان کر نہیں دے رہا تو اس نے کہا۔

"ٹھہرو!" اور ہاتھ میں پکڑے ہوئے پیسے اسے پکڑا دیے پھر پتلون کی جیب سے کچھ اور پیسے نکال کر اسے دیئے۔ آدمی نے روپوں کو گنا اور ایک پڑیا اس کے ہاتھ پر رکھی اور فوراً چلا گیا۔

میں معاملے کی تہ تک پہنچ چکا تھا کہ یہ نوجوان بھکاری ہیروئن کا عادی ہے۔

اس نے سگریٹ نکالی۔ میں اتنی دیر میں آہستہ آہستہ اس کے قریب پہنچ چکا تھا۔ وہ اپنے کام میں مصروف رہا۔ میری آمد کا اسے کچھ پتا نہ چلا۔ میں نے جھک کر نیچے پڑی ہوئی پڑیا پکڑ لی۔ میرا ہاتھ ابھی زمین سے چند ہی سینٹی میٹر اوپر اٹھا تھا کہ مجھے یوں لگا کہ کسی آہنی پنجے نے میرا ہاتھ پکڑ لیا ہے۔ اس نے مضبوطی سے میرا ہاتھ پکڑا ہوا تھا اور کسی خوف

زدہ درندے کی طرح مجھے گھور رہا تھا۔ میں اب قریب سے اس کا چہرہ دیکھ رہا تھا۔ میرے ذہن میں اس کا نام نہیں آ رہا تھا۔ اس کے چہرے کے بدلتے ہوئے تاثر اور میرے ہاتھ پر اس کی ڈھیلی پڑتی ہوئی گرفت سے لگتا تھا کہ اس نے مجھے پہچان لیا ہے۔ وہ ہکلاتے ہوئے بولا:

"عقیل۔۔۔۔ تت۔۔۔۔ تم۔۔۔۔" وہ میرا نام لے رہا تھا۔ اس نے زبردستی مسکرانے کی کوشش کی۔ پھر یک دم اس کی مسکراہٹ غائب ہو گئی اور اس کی جگہ ناپسندیدگی اور نفرت کے آثار نظر آنے لگے۔ "یہ تم ہو۔۔۔۔ عتیق۔۔۔۔" میں نے بھی اسے پہچان لیا تھا۔ وہ آٹھویں جماعت تک میرا کلاس فیلو رہا تھا۔ بڑا ہوشیار اور چالاک لڑکا تھا۔ کلاس میں ہمیشہ ہم دونوں کا مقابلہ رہتا تھا۔ بہت مغرور اور بدتمیز ہوا کرتا تھا، خاصے امیر باپ کا بیٹا تھا۔ میرے، اس کے تعلقات ہمیشہ خراب ہی رہتے تھے۔

اب اس حالت میں اسے دیکھ کر مجھے سخت حیرت ہو رہی تھی۔ ان چند سیکنڈوں کے دوران میں اس نے میرا ہاتھ چھوڑ دیا تھا لیکن وہ کہہ رہا تھا:

"پلیز! یہ پڑیا مجھے دے دو، ورنہ میں مر جاؤں گا۔ پلیز عقیل! تمہارا احسان میں کبھی نہیں بھولوں گا۔"

"جب تک تم بتاؤ گے نہیں کہ اس حالت میں کیسے پہنچے، یہ پڑیا تمہیں نہیں دوں گا۔"

اچانک اس نے پڑیا میرے ہاتھ سے چھیننی چاہی۔ اس کی کوشش ناکام رہی تو اس نے مجھے زور سے دھکا دیا۔ میں گر پڑا۔ پڑیا میرے ہاتھ سے گر پڑی۔ وہ دیوانوں کی طرح پڑیا کی طرف لپکا۔ میں نے ٹانگ اڑائی تو وہ دور جا گرا۔ پڑیا پھر میں نے پکڑ لی۔

"میں نے کہا نا کہ جب تک تم نہیں بتاؤ گے پڑیا تمہیں نہیں ملے گی۔" وہ ہانپ رہا تھا

اور واقعی لگتا تھا کہ مر جائے گا۔ میرے سخت رویے کو دیکھ کر وہ بیٹھ گیا۔

"ہاں بتاؤ کیا معاملہ ہے؟" میں نے ہمدردی سے پوچھا۔

جب اسے یقین ہو گیا کہ بغیر معلوم کئے میں اس کی جان نہیں چھوڑوں گا تو وہ کانپتی ہوئی آواز میں بولا۔

"ایک دوست نے مجھے مجبور کیا کہ میں اس کی سگریٹ کا ایک کش لوں اور بس! ایک دفعہ ہیروئن کی سگریٹ کا کش لینے کے بعد میں اس کے بغیر جی نہیں سکتا تھا۔۔۔ میں۔۔۔ میں مجبور تھا کہ دوبارہ اس دوست کے سگریٹ پلانے کا انتظار کرتا عقیل! یقین جانو اگر ہیروئن کا سگریٹ مجھے نہ ملے تو میں مر جاؤں۔"

اس نے بچوں کی طرح رونا شروع کر دیا۔

"تم رہتے کہاں ہو؟ تمہارے گھر والوں کو معلوم ہے یہ سب کچھ؟" میں نے یکے بعد دیگرے دو سوال کر دیئے۔

"ابو نے مجھے گھر سے نکال دیا ہے، میری بری صحبت کی وجہ سے۔"

میں خاموش ہو گیا۔ سوچ رہا تھا کہ اب کیا کروں؟ میں یہ تہیہ تو کر چکا تھا کہ اس آدمی کو بچانے کی پوری کوشش کروں گا کیونکہ کسی برے آدمی کو سیدھی راہ پر لانے کا بہترین موقع یہی ہوتا ہے کہ مصیبت میں اس کے کام آیا جائے۔

میں نے اسے اپنے محلے کے ڈاکٹر کے پاس لے جانے کا فیصلہ کیا لیکن مجھے معلوم تھا کہ یہ ساتھ جانے کو تیار نہیں ہو گا۔ میں نے اسے کہا۔ "میرے ساتھ چلو۔"

"نہیں، مجھے پڑیا دے دو۔ ورنہ میں مر جاؤں گا۔"

"دے دوں گا لیکن یہاں نہیں۔ تمہیں میرے ساتھ چلنا ہو گا!" اور میں گھر کی طرف چل پڑا۔ وہ بھی مجبوراً میرے پیچھے پیچھے چلنے لگا۔ لیکن وہ بار بار اپنی پڑیا مانگتا رہا تھا۔

کلینک پہنچ کر وہ نیم مردہ سا ہو کر ایک بنچ پر لیٹ گیا۔ میں نے ڈاکٹر صاحب کو پوری بات بتائی انہوں نے کہا:

"میں اسے اسپتال بھیج دیتا ہوں مگر آپ کو اس کی پوری دیکھ بھال کرنی ہو گی اور رقم بھی کافی خرچ آئے گی۔"

میں نے پوری ذمہ داری اٹھانے کا وعدہ کیا۔

اگلے روز میں اسپتال گیا۔ اس کی حالت بہت بری تھی۔ وہ اپنے جسم کو کاٹ رہا تھا۔ سخت سردی میں بھی اس کا بدن پسینے سے بھیگ رہا تھا۔ مجھ سے اس کی یہ حالت دیکھی نہ گئی۔ میں اس کے کمرے سے باہر آ گیا۔ سوچ رہا تھا کہ نشہ آور چیزیں بنانے والے انسانیت کے کتنے بڑے دشمن ہیں۔ میرا بس چلے تو ان سب کو پھانسی دے دوں۔

میں اسپتال سے باہر آ گیا۔ گھر کی طرف جا رہا تھا تو راستے میں ایک آدمی کو دیکھ کر ٹھٹھک گیا۔ یہ وہی شخص تھا جس نے عتیق کو ہیروئن کی پڑیا دی تھی۔ میں اس کے پیچھے ہو لیا۔ میری نظریں کسی پولیس والے کو ڈھونڈ رہی تھیں اور جلد ہی مجھے سڑک کے چوک پر ایک پولیس چوکی نظر آئی۔ مگر وہ شخص چوک سے دوسری طرف مڑ گیا۔ میں بھاگتا ہوا پولیس چوکی کے اندر داخل ہوا اور گھبرائی ہوئی آواز سے کہا: "وہ آدمی ہیروئن فروخت کرتا ہے، اسے پکڑ لیجئے۔"

میری توقع کے خلاف پولیس والے نے فوراً ایک سپاہی کو حکم دیا اور وہ اسے چند منٹ میں پکڑ لایا۔ اس دوران پولیس والا مجھ سے پوری بات معلوم کر چکا تھا۔ اس نے موٹے کو آتے ہی پیٹنا شروع کر دیا۔ ساتھ ہی ساتھ وہ اسے گالیاں بھی دیئے جا رہا تھا۔ میرا نام نوٹ کرنے کے بعد پولیس نے مجھے اجازت دے دی کہ میں چلا جاؤں۔

میں شام کو گھر پہنچا تو گھر میں عجیب ہنگامہ برپا تھا۔ معلوم ہوا کہ ایک آدمی میرے

نام ایک خط چھوڑ گیا ہے خط میں لکھا تھا:

"مسٹر عقیل! آپ اپنی شرافت اور نیکی کو سنبھال کر اپنے گھر رکھیے۔ آپ جیسے بے وقوف آدمی اتنی بات نہیں سمجھ سکتے کہ اگر ہمیں پکڑانا اتنا آسان ہوتا تو ہمارا کام اتنی تیزی سے اور کھلم کھلا کیسے چلتا؟"

کچھ دوستوں اور ہمدردوں نے بھی یہ نصیحت کی کہ دنیا بہت بگڑ چکی ہے، بس اپنے آپ کو بچائے رکھو تو غنیمت ہے۔ ان معاملات میں ٹانگ اڑانے کی کوشش کرو گے تو اپنے آپ کو تو مصیبت میں ڈالو ہی گے، گھر والوں کو بھی پریشان کرو گے۔

میں سب کی نصیحتیں، مشورے، طنزیہ باتیں اور بڑے بوڑھوں کی ڈانٹ سنتا رہا۔ مگر میرا دل غم سے پھٹ رہا تھا۔ سوچ رہا تھا کہ جس معاشرے میں برائی کے خلاف بات کرنا جرم ہو جائے، اس معاشرے کا اس کے سوا کیا حشر ہو سکتا ہے کہ وہاں چوروں اور غنڈوں کی حکومت ہو۔ پھر اس معاشرے کے ہر فرد کو برائی میں ملوث ہونا پڑتا ہے۔ میرا اس بات پر یقین بڑھ گیا کہ اگر برائی کے خلاف نیک لوگ اپنی طاقت کے مطابق کچھ نہ کچھ کرتے رہتے تو یہ برائیاں اس قدر عام نہ ہوتیں جس قدر اب ہیں۔ خدانخواستہ صورت یہی رہی تو وہ دن بھی آ کر رہے گا جب یہ برائیاں اس قدر عام ہو جائیں گی کہ لوگ ان کو برائی سمجھنا ہی بند کر دیں گے۔ ہر برائی معمولی سی بات بن جائے گی۔ کوئی کسی کو روک ٹوک نہیں سکے گا۔ کیونکہ ہر کوئی اس میں ملوث ہو جائے گا۔ وہ رات میری انہی سوچوں میں گم گزری۔

اگلے دن میں عتیق کو ملنے ہسپتال جا رہا تھا۔ میں سائیکل پر سوار تھا۔ راستے میں ایک جگہ پانی پینے کے لیے رکا اور جب میں پانی پی کر سائیکل پر سوار ہوا تو میرے جسم میں خوف کی ٹھنڈی لہر دوڑ گئی۔ دور ایک کار میں وہی موٹا شخص مجھے گھور رہا تھا جسے کل میں

نے پکڑایا تھا۔ میں نے اللہ سے دعا کی اور سائیکل چلانا شروع کی۔ اس نے میرا پیچھا نہیں کیا۔ مگر جب میں ہسپتال پہنچا تو وہاں موجود تھا۔ میں بھاگ کر ڈاکٹر کے پاس گیا۔

"اس شخص نے عتیق کو کچھ کھانے کو تو نہیں دیا؟" میں نے جاتے ہی پوچھا۔

"ہائیں۔ کیا آپ نے انجکشن نہیں بھجوائے؟" ڈاکٹر نے پوچھا۔

"نہیں نہیں۔ میں نے کچھ نہیں بھجوایا اس کے ہاتھ۔"

"تو پھر کون ہے یہ؟ اس نے تو آپ کا نام لے کر کہا تھا کہ یہ انجکشن مسٹر عقیل نے بھجوائے تھے۔"

"اوہ۔۔۔ نہیں ڈاکٹر صاحب! یہی تو وہ خبیث شخص ہے جو عتیق کو ہیروئن پلاتا تھا۔ آپ نے کوئی انجکشن دیا تو نہیں اسے؟" میں نے پریشانی سے پوچھا۔

"نہیں تو۔۔۔ یہ رہے وہ انجکشن۔" انہوں نے جیب سے کچھ انجکشن نکالے اور انہیں غور سے دیکھنے لگے۔

"میں نے اطمینان کا سانس لیا۔ ڈاکٹر نے ٹسٹ کرنے کے بعد مجھے بتایا کہ ان ٹیکوں میں نہایت مہلک نشہ تھا۔ اگر یہ انجکشن عتیق کو دے دیے جاتے تو اس کا بچنا ناممکن ہو جاتا۔"

"مگر ڈاکٹر صاحب کیا اب وہ بچ سکتا ہے؟" میں نے پوچھا۔

"کچھ کہا نہیں جا سکتا۔ آپ خدا سے دعا کریں۔"

میں خدا سے دعا مانگتا ہوا واپس چلا آیا۔ راستے میں انہی سوچوں میں گم تھا کہ اچانک میری سائیکل کی چین اتر گئی۔ سائیکل بالکل رک گئی۔ اچانک رکنے سے میں توازن برقرار نہ رکھ سکا اور گر پڑا۔ جیسے ہی میں گرا ایک کار انتہائی تیز رفتاری سے گزری۔ اگر میں نہ گرتا تو کسی صورت میں نہ بچتا۔ کار لازماً مجھے ٹکر مارتی ہوئی نکل جاتی۔ چند سینٹی میٹر ہی کا تو

فرق ہو گا۔

لیکن میں ابھی اٹھ نہیں پایا تھا کہ پہیوں کی چرچراہٹ کی خوف ناک آواز آئی۔ میرے قریب سے گزرنے والی کار ایک کھمبے سے ٹکراتی ہوئی سامنے آنے والے ایک ٹرک سے بری طرح ٹکرائی۔ غالباً اس کا ڈرائیور کار پر ٹھیک طرح سے قابو نہیں پا سکا تھا۔

لوگ بھاگ کر اس کی طرف بڑھے۔ میں نے بھی اپنی سائیکل وہیں چھوڑی اور کار کی طرف بھاگا۔ میں ہجوم کو چیرتا ہوا آگے بڑھا۔ کار چکنا چور ہو چکی تھی۔ دو آدمی ڈرائیور کو باہر نکال رہے تھے مگر وہ بری طرح پھنسا ہوا تھا۔ لیکن جب میری نظر اس کے چہرے پر پڑی تو میں ٹھٹھک کر رہ گیا۔ یہ تو وہی موٹا شخص تھا جس نے عتیق کو ہیروئن کی پڑیا دی تھی، جسے میں نے پولیس کے حوالے کیا تھا، جس نے مجھے دھمکی والا خط لکھا تھا اور جو عتیق کے ڈاکٹر کو نشہ آور ٹیکے دے کر آیا تھا۔ اس کی لاش بالکل مسخ ہو چکی تھی۔ کار کا سٹیئرنگ ٹوٹ کر اس کے پیٹ میں گھس گیا تھا۔ اس کا چہرہ خون سے لتھڑا ہوا بہت خوف ناک لگ رہا تھا۔ آنکھیں کھلی تھیں اور زبان باہر کو لٹک رہی تھی۔ نیکی اور شرافت کو فضول سمجھنے والا اب اللہ کی عدالت میں پیش ہونے والا تھا۔ میں سمجھ گیا کہ اس نے مجھے کار سے ٹکر مارنے کی کوشش کی تھی۔ میرے اچانک گرنے سے وہ گھبرا گیا ہو گا اور کار پر قابو نہیں رکھ سکا ہو گا۔

کچھ عرصہ کے بعد عتیق بالکل ٹھیک ہو گیا۔ ڈاکٹر کا کہنا تھا کہ اس کا بچنا کسی معجزے سے کم نہیں۔ وہ بہت خوش تھا۔ والدین نے اسے معاف کر دیا تھا۔ اب وہ میرا بہترین دوست تھا۔

برائیوں کو ختم کرنے کی جدوجہد میں اب وہ میرا ساتھی تھا۔ میں جب بھی اسے ملتا ہوں تو میرا سر خدا کے شکر سے جھک جاتا ہے اور میرے ذہن میں رسول اللہ صلی

اللہ علیہ وسلم کی حدیث گونجنے لگتی ہے جس کا مطلب یہ ہے کہ:
"اگر تمہارے ذریعے ایک شخص نے ہدایت پائی تو تمہارے لیے وہ دنیا ومافیہا سے بہتر ہے۔"

✳ ✳ ✳